拯救世界吧！少女魔王！

魔王陛下不可能是女高中生！

01

少女魔王・莫忘
表哥一號・艾斯特

莫忘

表 女高中生。

裏 魔王陛下。

私 溫和乖巧，能體諒他人，是個外柔內剛的好女孩。

技 透過「做好事」積攢魔力值，以增加自己的速度、體質以及力量，並可藉此召喚新的守護者；可是若做了壞事就會被扣魔力值，導致體力下降。

石詠哲

表 男高中生，莫忘的青梅竹馬。

裏 勇者大人。

私 輕微驕傲，與他人相處還算隨和，但和莫忘在一起時卻相當的傲嬌。

技 被勇者之魂附體的情況下會使用出劍術，卻每次都被魔王「空手接白刃」；可透過「做壞事」積攢魔力值，召喚聖獸來為自己作戰。

艾斯特

表 莫忘的表哥。

裏 來自魔界的魔王陛下第一守護者。

私 總是一臉正經嚴肅，實則是個重度魔王控，在魔王面前會展露出愚蠢、輕微抖M和易失落的傾向。

技 武力派。

格瑞斯

表 莫忘的表哥二號。

裏 來自魔界的魔王陛下守護者。

私 看起來極其優雅，其實是個天然呆，偶爾會做出讓人啼笑皆非的事情，常與艾斯特拌嘴卻又互相信任。

技 擅長各種魔咒。

CONTENTS

第一章
莫忘不可能是魔王

早上九點。

已經開始熱鬧起來的街頭，突然響起這樣一聲大喊：「大黃狗，給我放過那個肉包子！」

聽到聲響的人們見怪不怪的朝聲音來源看去，果然見到一位身著睡衣的少女正和一隻大狗「搏鬥」著，在相繼使出「雙龍灌頂」、「猴子偷桃」等賤招後，少女終於頂著滿臉滿身的狗爪印，從「敵人」口中將那個還冒著熱氣的包子奪了回來。

只見她喜孜孜的一路小跑，將包子捧到在路邊哭泣的男孩面前說：「看，我幫你把包子拿回來了！」

小正太的哭聲先是停了一瞬，然後一看面前大姐姐手中那已經被狗咬了大大一口的包子，頓時哭得更傷心了。

「……」好吧，被狗咬過的東西，人也不能吃了，她怎麼就忘了呢？然後莫忘從口袋裡掏出錢買了兩個包子塞到男孩手中，「好了好了，別哭了，這個給你。」

男孩吸吸鼻涕，接過後咬了一口，破涕為笑。

「謝謝姐姐。」

莫忘拍了拍他的頭，「不客氣。」

「我以後再也不說妳腦袋壞掉了。」

「……」莫忘愣了片刻，隨即大怒，「臭小子，把包子還給我！」

可惜那小鬼倒是機靈，早已一溜煙跑走。

追了幾步後，莫忘停在路邊，淚流滿面。好吧，現在的她在其他人眼中，就是個標準的濫好人，而這一切都是因為……

「啪啪啪！」

掌聲突然自她身後響起，不用回頭，她也知道來者是誰。

「陛下，您今天的身手對比昨天又有了進步。」

「……」和狗互毆有了進步？她真的不想被這麼誇獎好嗎？而且……

莫忘回過頭，怒瞪對方。

「不是說過了嗎？別在大庭廣眾之下用那種中二到了極點的稱呼叫我！」聲音越到後面便越來越小，毫無疑問，對方給了她頗大的壓力。

被她瞪著的青年面容俊美，即使在寒風吹拂的街頭，他及耳的黑色短髮依舊一絲不亂，就像主人的性格一般。所以，這也算是某種物似主人型嗎？

當然，這並不足以讓女孩壓力山大。

莫忘有些害怕對方的原因，一是因為身高。

從第一次見面起，她的心裡就犯了嘀咕：這傢伙到底是吃什麼長大的？

當然，青年本身並不是巨人，只是一百八十幾公分的身高對比才一百五十出頭的、尚處於發育期的少女，實在是高過了頭。尤其是對方的兩條長腿，讓莫忘非常之羨慕嫉妒……不，是恨才對！

二則是……

在普通人的眼中，青年和正常的黃種人沒有什麼區別，黑髮黑眸。但是在女孩的眼中，他則有著銀色的髮絲以及冰藍色的眼眸，皮膚也是標準的白色，且不像許多西方人那樣仔細看去就會發現白色中夾雜著不少紅血絲，他的臉孔則像是用冰雪雕刻而成，完全找不到其他雜色。

莫忘不知道這樣的外貌對成熟女性的吸引力有多強，但她非常肯定——這是一張隨時可能嚇哭老人和孩子的臉！

所以她害怕是有正當理由的！

「『陛下』是對您的尊稱，代表了吾等臣民對您的忠誠與仰慕，而並非您口中的……」

「夠了！我錯了，我錯了還不行嗎？」莫忘扶額，面癱臉就算了，問題是這傢伙在教育她的時候居然會變身話癆，話癆也就算了，這傢伙嘮叨的還都是些聽不懂的無趣內容，真是要命！

「陛下，敷衍是墮落的開始。先代……」

「停！」莫忘果斷的轉換話題：「艾斯特，剛才做好事得到了多少魔力值呢？」

青年微微一怔，隨即自懷中小心翼翼的取出一顆水晶球，仔細查看了片刻後，說道：「大概十點魔力左右，加上前幾天的成果，陛下您一共積累了五十點魔力。」

沒錯，她拚命做好事就是為了積累所謂的「魔力」。

事情還要從幾天前說起……

連假期間，百無聊賴的莫忘無意間在家中找到了一個儲物箱，心血來潮之下便隨手打開了，接著她在箱子內發現一顆水晶球，就想把它拿出來，誰知道在摸到這顆水晶球時，居然非常不科學的召喚出了眼前這個自稱名叫「艾斯特」的男人。

在一陣刺目的強光過後，這傢伙單膝跪在她面前，如此說道：「尊敬的魔王陛下，您忠誠的奴僕謹遵召喚而來。」

而她當時的回答是：「……變、變態啊啊啊！！！」

這當然不怪她，誰讓這傢伙居然一件衣服都不穿，雖然其事後的解釋是因為時空亂流所導致，但是那一幕已經讓莫忘留下了深刻的心理陰影，所以她看對方不順眼——這也是正常的吧？

她活了這麼大，還是第一次見到成年男人那骯髒的肉體，被強迫拉入成人世界什麼的……太、坑、爹、了！

而且，魔王陛下？

這種一聽就注定要被推被揍被滅的中二稱號誰想要啊！

但是——

「請日行一善吧，魔王陛下。」

「……哈啊？」還記得當時驚訝過頭的她這樣問道：「你確定自己真的沒弄錯職位？魔王不是應該征服世界或者毀滅世界才對嗎？！」

聽完這話，對方的面癱臉似乎都抖了一下，「……您的三觀（注：世界觀、人生觀、價值觀）似乎發生了扭曲，請允許我對此進行矯正。」

而後她就這樣被話療了足足三小時！

現在回想起來她還是一臉血啊一臉血！

「陛下，依據您現在積累的魔力值，已經可以使用一個初級魔法了。」

「哎？」莫忘瞬間將悲慘的回憶丟到腦後，略驚奇的問道：「我也可以使用魔法嗎？」火球？還是雷電？還是……總之，不管是哪個似乎都很酷、很跩啊！

「不，是魔王特別持有的魔法。」相對於莫忘，對魔法這種事早已習以為常的艾斯特很是鎮定的解釋著，「您可以選擇增加體質、速度或者力量。」

「就這樣？」

「陛下，請不要小看它。」

莫忘無語，只好隨口問一句：「……增加體質有什麼用？」

「可以讓您不容易被殺死，比如普通人可能要害處中一刀就會死去，您則需要被捅幾百刀才會死。」

「……」別這樣……她才不想被人捅刀！

艾斯特接著說道：「而敏捷加快，則能使敵人無法攻擊到您，您做作業的效率也可以迅速提高，而後勻出更多的時間來做好事。」

「……」她真的不想要……

「至於力量加強，則可以增加攻擊力。比如再遇到那隻狗，您就不必親自上場肉搏，只需要拔起路邊的電線桿，然後……」

「夠了！」莫忘默默腦補了下自己舉起一座山和敵人對毆的情形，忍不住就淚流滿面，這樣一點都不帥氣好嗎！

「不過陛下，第一次加持，我建議您選擇力量。」

「哎？」雖然看不順眼對方，但是莫忘明白對方不會無的放矢，於是問道：「這有什麼講究嗎？」

「因為對面樓有人正在搬運瓦斯桶，您加持了力量後可以去幫忙。」

「……」

大清早穿著睡衣出來和狗搶包子什麼的，增加力量變肌肉少女幫人搬瓦斯桶什麼的，真是夠了！

她完全不想做這種坑爹的魔王啊！！！

最終，莫忘還是聽從艾斯特的建議，選擇了加持力量。究竟增加了多少數量的力氣她是不清楚，但一手提一桶瓦斯上六樓毫無壓力——痲痲從此再也不用擔心家裡的瓦斯桶沒人能搬動了！

★◎★◎★◎★◎

「忘忘，妳比我家那臭小子可靠多了。」

「啊哈哈哈，哪有……」莫忘的嘴上這麼說，但其實身體很誠實……不，莫忘是笑得很得意。

這位像喚狗一樣叫莫忘的中年女性姓張名婭，和她的母親是朋友，再加上兩家人做了十幾年的鄰居，所以關係特別好。從小莫忘那對工作繁忙的父母就愛將她丟在這裡，所以她其實已經把張姨和石叔當成第二對父母看待。

而張姨口中的臭小子，指的則是他們的獨生子——石詠哲。

因為從小一起長大的緣故，莫忘和他是當之無愧的青梅竹馬。可讓她有些煩惱的是，明明小時候他們的關係似乎還不錯，但不知從什麼時候起就變得互相看不順眼，並且特別容易發生爭吵。

不過這也很正常，用湯表姐的話說就是——二十五歲以前的男人都是蠢蛋，完全不能用理智來揣測！

「來，嚐嚐阿姨為妳做的紅燒排骨。」

「嗯！好吃！」莫忘一口下去滿嘴流油。

沒錯，她愛吃肉，不過沒關係，她正處於發育期，最近又天天做體力活，多吃點應該也不會變胖。

「喜歡就好。」張姨笑起來眉眼彎彎的，「對了，妳表哥怎麼沒來？」

「……哈，他臨時有事。」

沒錯，她給艾斯特設定的對外身分是她的表哥，好在他可以用魔法遮蓋自己的真實外表，否則莫忘可真不知道該怎麼解釋自己的表哥為何是外國人，還擁有那麼不科學的髮色。

「是嗎？他還真忙。」

「……哈哈。」莫忘乾笑的想：是啊，艾斯特忙著滿世界搜索好事來讓我做啊！

「對了，忘忘，哲哲今天回來，他說自己的行李比較多，下午妳能幫我去接他嗎？」

「……啊？」

「不行嗎？」張姨可恥的使用了星星眼攻擊！

「沒問題！」完全是下意識反應的莫忘淚流滿面，明明人到中年了，賣萌技能卻刷得比她還熟練，張姨真是人不可貌相啊！

不過，如果可以的話，莫忘真不想去接那傢伙啊，因為在路邊吵架很丟人的。

帶著這種糾結的心情，莫忘洗完盤子後回了家，才一開門，就得到了一句誇獎。

「陛下，您做得很好。」

「啥？」

艾斯特一本正經的說道：「幫忙洗碗讓魔力值又增長了五點，接人應該會拿到更多魔力值。」

莫忘正準備點頭，突然覺得有哪裡不對，「……我說，你不會一直在偷窺吧？」

「不。」

她才鬆了口氣，就聽對方又說——

「我只是在暗中保護您的安全而已。」

「……這有區別嗎？！」只是說法好聽了一點而已吧？本質完全沒變啊本質！

「那麼，陛下，請再加件外套，下午似乎會颳風。」艾斯特面不改色的更換了話題，作為面癱，他的這個技能也刷到了滿級，「做好事固然重要，但您的身體才是第一位的。」

「……」

莫忘瞬間死魚眼，心想：看來湯表姐的話錯了，夏表姐的話才是對的——二十五歲以上的男人也是蠢蛋，而且更蠢！咦？話說這傢伙多少歲來著？似乎忘記問了。算了，反正也不是什麼特別重要的事情。

但是，即便如此……

「我先去睡會兒，到了時間叫我。」

「遵命。」

她也不得不配合他去做好事，因為——

「那孩子真的活不過十八歲嗎？」

「……嗯，醫生說內臟已經有衰竭的趨勢了。」

「怎麼會……明明小時候還很健康的，這到底是什麼病啊？」

「……他們說查不清。」

一躺到床上，莫忘搖了搖頭，將以前半夜趴在爸媽門前偷聽到的話丟到腦後，那應該是國一的時候吧？她在過年時無意間感冒，很久都沒好，去醫院檢查後不久，她敏銳的察覺到某天爸媽出門歸來後臉色很是難看，而後就聽到了那番對話。

從那之後，爸媽就更少回家了，倒是每個月給的生活費和郵寄回來的營養品更多了，彷彿是在做出什麼補償一樣。但其實比起這些……

莫忘搖了搖頭，翻過身一把抱住床上的長耳兔子玩偶。

不能抱怨，這樣是不對的。畢竟就是為了她的身體，爸媽才在外面拚命工作的，一定很辛苦吧？而她應該做的就是把身體養好。

沒錯，她也是因為這個才決定成為魔王。

因為那個時候艾斯特是這樣對她說的——

「『魔力』是每個魔王存在的基礎，只要還活著，魔王每一天都需要消耗相應數值的魔力。」

她好奇的問道：「那如果沒有魔力呢？」

「一旦魔力歸零，魔王就……陛下，屬下絕不會讓這種事發生的！」

雖然表情沒有什麼波動，但青年的語氣足以證明他的決心。

「……」

似乎是為了安慰她，艾斯特緊接著說道：「但反過來說，只要還擁有魔力，魔王就絕不會死去，哪怕受到致命的重傷都可以復原。」

「……真的嗎？」

「是的。」

事實證明，艾斯特沒有撒謊，因為成為魔王之後，她的身體似乎明顯好了很多，從前運動稍微過量就會覺得難受，到這幾天和狗打架、扛著瓦斯桶爬樓梯卻一點事都沒有。

所以她決定了兩件事：

一是等假期過後，也就是明天，她會拜託張姨帶她去醫院體檢。

二是盡量積攢足夠多的魔力值，以保證能夠一直擁有健康的體魄。

所以，就算是去接那個混蛋，她也完全可以忍受！

★◎★◎★◎★◎

雖然事先做好了這樣的心理建設，但事到臨頭，莫忘還是覺得很糾結。她是真的不想見到石詠哲那張臭屁的臉……不，光看臉倒是可以忍受，最可惡的是他那條舌頭，簡直像在毒藥中浸泡過！

但是，答應張姨的事情不能不做，而且她也不想被艾斯特話癆。

莫忘長嘆了口氣，緊了緊身上的薄長袖外套——雖然下午的天氣還很暖和，但真的如艾斯特所說的一樣颳起了風——認命的開始騎三輪車。

她騎了大概十分鐘，就到了車站附近。

因為正是連假的最後一天，從外地匆忙趕回來的人很多，莫忘停在稍微靠外的地方，也不下車，就這麼坐在座椅上來回張望著。正當尋找她那坑爹的青梅竹馬時，莫忘突然想到，艾斯特此刻是不是也躲在什麼地方偷窺自己呢？

這樣的想法一發就不可收拾，她情不自禁的左右尋找了起來，突然聽到這樣一聲——

「笨蛋看什麼呢？」

「……」莫忘抽了抽嘴角，板起臉轉頭，「誰是笨蛋啊！」

果不其然，真正的笨蛋不知何時已經走到了她身邊。

明明是同樣的年紀，但少年卻比女孩高出了一個頭左右，這也是後者不爽前者的其中一個原因。

與莫忘一樣，少年的身上有著這個年紀所獨有的蓬勃朝氣，因為良好的遺傳基因，他的長相很不錯，有些偏近於棕色的柔軟髮絲是遺傳自張姨的，而那雙黑亮眼睛則是源自石叔，它如同點睛之筆，讓他整個人看起來異常有神。

如果非要說有缺點，大概是他的鼻梁邊散落著幾個小斑點，莫忘在被氣急時沒少拿這個來刺激他。

而且，莫忘身邊的女性友人都說，少年那眼睛看起來很可愛～

她真的是完全無法理解她們的審美觀！明明這傢伙可惡到了極點！

也許是長相上的遺傳基因太優秀，導致他性格不僅沒遺傳到石叔、張姨的半分優點，甚至完全可以說是南轅北轍。

少年聽了她剛才的話，很不客氣的答道：「誰回答就是誰。」

「石、詠、哲！」莫忘咬牙喊道。

「不用這麼大聲，我聽得到。」石詠哲一邊漫不經心的答道，一邊將攜帶的行李全數丟進三輪車的後車廂中，而後才說道：「妳怎麼跑來了？」

莫忘瞪人：「你應該高興才對吧？」她若不來，他就得一個人扛大包了好嗎？

石詠哲轉過臉輕哼了聲：「誰會為這種事高興啊！」

「……」

「而且——」石詠哲微側首斜睨她一眼，揚了揚下巴，「怎麼騎這個來？丟臉死了。」

「……嫌丟人你就自己揹著包回去啊！」要不是張姨說這混蛋行李多，她怎麼會借社區管理員王伯的三輪車來接！他以為是誰的錯啊！

「好吧，再見。」

說完話，這傢伙居然真的甩開手就走了，走了幾步還回頭很是氣人的說：「路上記得別和我打招呼。」

莫忘怒了，她騎著車追上去，伸出腿狠狠的朝某人屁股踹了一下。

「再見！」在看到他成功的以一個「狗吃屎」的姿勢撲地後，她回頭做了個鬼臉，然後踏著三輪車就跑！

「……莫忘！妳給我站住！」

「什麼？風太大，我聽不到～」

「……」

大概是因為體質變好的緣故，莫忘一溜煙就騎回了社區，然後一個人單槍匹馬的將那些行李全數抬上了樓。

張姨問道：「回來了？」

「嗯！」

張姨看了下莫忘的樣子，驚訝的說：「……忘忘，怎麼都是妳在搬，哲哲呢？」

莫忘轉了轉眼珠，不用思考就決定告黑狀：「他說不要和我走一起，嫌丟人。」

「什麼？」張姨果然大怒，「看我待會教訓他！」

於是，迎接石詠哲同學的果然不是母親愛的抱抱，而是痛的揪揪……

「老媽！別揪我耳朵啊！」

「說，還敢不敢欺負人？！」

石詠哲想吐血，被欺負的人明明是他好嗎？她這幾天到底吃了什麼？力氣居然變得那麼大，害他的屁股到現在都還在痛。

面對著某人怨念的目光，莫忘很是得瑟的又朝其做了個鬼臉，但張姨一扭頭，她如同使用了「變臉」絕技般立刻收斂起表情，乖巧無比的說道：「那張姨，你們聊，我先回去了。」

張姨摸了摸莫忘的頭，「好，晚上記得來吃飯，我做紅燒肉給妳吃。」

「好～」

石詠哲看著眼前這個假惺惺的女孩，沒好氣的說：「小心變胖子！」

張姨也再次變臉、伸出手，「臭小子還敢說人家？」

「痛痛痛……」

耳聽著某人的悲鳴，心情很好的莫忘就這樣哼著歌一路回到了鄰近的家中。

艾斯特一見她就躬下了身，「陛下，辛苦了。」

「還好啦。」莫忘點了點頭，而後問道：「對了，我這次去接人得到了多少魔力值？」

「二十點。」

「不少嘛。」和狗打一次架又掏錢買包子才十點，沒想到石詠哲那傢伙居然這麼值錢，不，值魔。

艾斯特緊接著說道：「但是，因為從背後偷襲人，您被扣除了十點；又因為告黑狀，再被扣除了十點。」

莫忘呆住，「所、所以……你是說我做了白工？」

「的確如此。」

「……」請不要一臉淡定的說出這種殘忍的話好嗎？她的心都要碎了！果然一沾上那混蛋就沒有好事！

——啊啊啊！石詠哲我恨你！

等等……

莫忘反應過來，問道：「你的意思是，當了魔王不僅要做好事，而且不能做壞事？一做就會被扣除魔力值？」

「沒錯。」艾斯特用一種「這不是理所當然的嗎？」的目光看了莫忘一眼之後，才解釋道：「畢竟魔王是為了讓大家幸福才存在的偉大人物。」

「……」不，一定有哪裡不對吧？

所以說，到底是誰的認知出了問題？

而後，莫忘得知了一件更為坑爹的事情——魔力值直接影響到魔王的等級。

簡單來說，她在魔力值達到五十點時獲得了力量加持，但如果魔力值掉下去，自然就會失去這份力量。而且也不能透過這種方式來作弊重選魔法，即使以後魔力值再超過五十，她所加持的依舊是力量。

莫忘有些氣餒的垂下頭，本來還以為現在的她終於能夠欺負那傢伙了，結果居然什麼都不能做，讓她好失落。

「陛下？」艾斯特問道：「看來您似乎又對魔王的職責產生了疑惑，需要我再次對您的三觀進行矯正嗎？」

「……不，完全不用！」

——算了，像我這樣大度的女人，沒必要和石詠哲那個笨蛋一般見識，就姑且這樣放過他吧！

懷著這樣的想法，這一天吃晚飯時，莫忘的表現格外溫柔，面對石詠哲隔三岔五就丟來的眼刀，她非常淡定的採取了無視態度，連他的毒舌都以微笑回應，成功的收穫了張姨批發贈送的一大堆好孩子卡。

可是，石詠哲那傢伙似乎更生氣了，而且……頭上被砸出的包也更多了。

為什麼不吵架反而更容易坑人了呢？

——總覺得打開了什麼新世界的大門。

——不過好像也挺有趣的？

於是，這一晚回到家的莫忘心情很好。總而言之，她和石詠哲的關係可以用一句話來概括——看到你不開心了，我就開心了！

這樣的好心情一直持續到晚上十點。

直到此時才想起明天就要上學的莫忘連忙關上電視和客廳中的燈，打著哈欠走入了臥室，她驀然發現陽臺上的門似乎還是開的，便準備走過去關上。

突然一個人影「唰」的閃過！

她沒有尖叫，反正不用猜也知道來者是誰。

因為社區戶型的緣故，她家和石家的陽臺只有一牆之隔，再加上她和石詠哲恰好都住陽臺房，而她的父母又經常不在家，所以在莫忘很小的時候，兩家乾脆打通了中間的那道牆。

最初是很開心的。

那時候，還沒變成壞蛋的石詠哲和她關係很好，老愛跑過來找她玩。

不過自從關係不那麼好後，他已經許久沒來了，今天到底是為什麼啊？等等，難道是特地來打擊報復的？

莫忘瞬間緊張了起來，左右張望後她毅然拿起了床上的長耳兔，做出一個雙手舉盾的姿勢，「你這傢伙來做什麼？」

「……」

對方卻沒有給她任何回應，只是停下腳步，站在床的另一側沉默不語。

「少裝模作樣！快說，有什麼陰謀？」

「……」

「石詠哲？」

「……」

「……」不會是被張姨揍傻了吧？

莫忘猶豫了片刻，小心翼翼的朝對方走去。本以為這是個「圈套」，結果都已經走到他面前了，他還是沒動手，莫忘鬆了口氣，一把將兔子丟到床上，自己也坐了下去，伸出腳丫子踹了踹某人，問道：「怎麼了？真的生氣了？」

彷彿是被她的動作所驚動，少年的目光驟然落到她光裸的足上。

莫忘突然覺得氣氛稍微有些尷尬，輕咳了聲，默默收回腳，「沒事我要睡了啊。」

少年的頭順著她腳的動作微微挪動著，而後順著足，再到小腿、大腿、腹部……一路滑到少女的臉上——就這樣完全的抬起了頭來。

與他視線相交的莫忘發現，對方那雙總是漆黑又閃閃發亮的眼眸此刻好像有點發紅。紅眼病？不，不可能，難道是……哭了？

「你……」

少年突如其來的動作打斷了她的話音。

下一秒，莫忘驚訝的發現，自己居然被他撲倒在了床上。

——搞、搞什麼啊？

大吃一驚的女孩正準備說些什麼，一雙滾燙的手猛然卡住她的脖子。

「呃！」莫忘尚未從呆愣中回過神，只覺得漸漸喘不過氣來，連忙伸出手掰住少年鐵鉗般的奪命爪拚命往外扯！努力了片刻後，新鮮的空氣終於重新湧入肺中，大口喘著氣的她這才發現——石詠哲的瞳孔竟然泛著紅光。

鬼、鬼附身？

這個結論聽起來是不可思議，但只有這樣才可以解釋他的舉動啊！

雖然他們的關係不好，但莫忘堅信，正常的石詠哲絕對不會做出這樣的事。

「石詠哲！你給我清醒點啊！」

這句話喊出，少年驟然定住，緊接著又有了反應——手居然再次加大了力度！

「……」莫忘心想：這是跟我有多大的仇啊！

「陛下？」就在此時，艾斯特敲響了房門。

「艾……！」混蛋，居然又勒得她說不出話來！

「請恕我失禮！」

門外傳來這樣聲音的下一剎，魔王陛下的忠誠屬下破門而入，在看清楚眼前的景象後，他先是禮貌的行了一禮，然後就一動不動的站在原地，「抱歉，打擾了。陛下，您無須在意我，在未分出勝負之前請集中精神。」

「……喂！」這傢伙真的弄清楚這裡的情況了嗎？她到底是要分個什麼勝負啊！

怒上心頭的莫忘伸出腳就是一腿，原本壓在她身上的少年居然就這樣被踹飛了。

緊接著，艾斯特十分捧場的「啪啪啪」鼓掌，「陛下，真是場精采的摔跤決鬥。」

「……」所以說他到底以為她在做什麼啊！

就在莫忘被對方的話雷到目瞪口呆時，這傢伙居然又開口了，表情還一本正經。

「陛下，恕我直言，雖然您贏得了勝利，但摔跤技巧還需磨練。」艾斯特右腿單膝跪地，手握成拳緊緊的貼在心口處，深深垂首，「請允許我對此進行指導。」

「……」莫忘扶額。不行，她果然和這傢伙的腦電波完全對不上。

「好痛……」

就在此時，被莫忘一腳踹到牆上掛起、隨即像香蕉皮一樣滑落在地的少年，似乎終於恢復了，他一手扶著後腦，微微皺眉。

「我這是怎麼了……」石詠哲抬頭時無意間看到女孩，「妳對我做了什麼？」

「哈？」莫忘被這傢伙氣樂了，「你自己跑到我房裡來還問我做了什麼？」

「我……自己來的？」石詠哲的臉色變了變。

「廢話！」莫忘跳上床雙手環胸，決心用魔王的氣勢壓倒這個可恥的凡人，「大半夜鬼鬼祟祟的跑過來，你是不是亂七八糟的電影看多了啊？聽說鬼片看多了會夢遊的，難道你也是？居然來夜襲！鄙視你！」

夜晚來襲擊嘛！用這個詞沒錯！

「……」石詠哲的臉驀然漲得通紅，他非常想反駁，但似乎又沒什麼底氣，只能結結巴巴的說道：「誰、誰夜襲妳啊？」

莫忘一看更高興了，甚至還有些感動，多少年沒見過石詠哲這個臭屁的傢伙在她面前瞠目結舌，所以不能輕易放過他。她繼續說：「還說沒有？一來就把我壓在床上，然後用手……」

「壓……」石詠哲不知想到了什麼，雙頰越來越紅，緊接著單手捂住臉，居然跟被鬼追似的跑掉了。

「喂！你……」

莫忘跳下床奔跑了幾步，卻沒追上，而後只聽到劈里啪啦的一陣響，毫無疑問，對方在陽臺上摔了個大跟頭，她噗的一聲笑了出來，那叫一個愉悅。可笑完她又疑惑了，「他這是怎麼了？」

做錯事後的第一反應難道不是道歉嗎？石詠哲怎麼逃跑了，而且還臉紅得那麼厲害？

一直靜靜圍觀的艾斯特依舊保持著跪地的姿勢，此刻他才身形優雅的站起，淡然的回答：「大概是覺得羞愧了吧。」

從某種意義上來說，他這麼大個男人就在房間中，對方居然還沒注意到，完全可以想像那少年到底「羞愧」到了什麼程度。

「羞愧？」莫忘有些不明所以。

「沒錯，身為一位年紀較長的男性，居然輸給了陛下。」艾斯特微微頷首，很是篤定的說道：「想必他的心中一定飽受煎熬。」

「……是嗎？」她總覺得有哪裡不對……

「今後想必他還會向您提出同樣的挑戰，陛下，為了您的榮譽與勝利，請允許我……」

「別說了！」莫忘連忙打斷這傢伙的話，「我明天還要上課，要睡覺啦！」

「……是。」

眼看著對方轉身離開了房間，莫忘舒了口氣，而後又想嘆氣，為什麼她身邊的男性一個比一個蠢蛋啊？難道是她智商太高，所以把他們都襯托得格外笨嗎？

哎呀哎呀～女性太聰明也是個悲劇呢～

★◎★◎★◎★◎

大概是因為睡前「勞累」過的緣故，這一夜女孩睡得格外香甜，次日清晨居然在鬧鈴第一遍響時就醒了過來，坐起身打了個哈欠，她才發現自己這一晚居然沒做夢。

洗漱完畢後，莫忘直接奔入了石家。

「張姨早。」她打了聲招呼。

石叔似乎整個假期都在加班，直到今天都還沒有回家。

「早。」張姨有些奇怪的看了莫忘一眼，「忘忘今天怎麼這麼早？」

「嘿嘿，大概是昨晚睡得比較早吧。」

「是嗎？那向來隸屬於哲哲的第一盤早餐，今天就給妳吧。」

「吡——」的一聲輕響後，潔白無瑕同時又金黃飽滿的荷包蛋落到了桌上的盤中，蛋的頭頂圍著一圈切成章魚形狀的拇指大小的香腸，兩邊分別有著些許捲曲的麵條。動作嫻熟的家庭主婦張婭隨即拿起桌上的番茄醬，在荷包蛋上畫出了三條弧線，一個娃娃臉赫然成型，她滿意的點頭，「完成！」

這也是莫忘覺得張姨了不起的地方，起床做早餐並不是什麼非常偉大的事情，像這樣裝飾過的早餐也並不比亂堆在一起好吃上多少，但是有一點她很清楚，那就是每天早上大家都是帶著笑容出門的。

「說起來……」張姨疑惑的聲音自廚房中響起：「平時這個時候那臭小子早起床了，今天到底是怎麼了，難道是身體不舒服？」

莫忘嘆了口氣，雖然她幾乎百分百肯定夜襲她的那傢伙絕對不可能生病，但是長輩都這麼說了，她能安心的坐著嗎？

「我去看看好了。」

「嗯，那就拜託妳了。」

「好～」

走到石詠哲的房門前，莫忘瞬間垮下臉，翻著死魚眼拍了拍門，「石詠哲？」

回應她的是一片寂靜。

「石詠哲！」

依舊無人應答。

「……」莫忘一把扭開門鎖就走了進去。

說起來，她似乎很久沒來過這間房了，但裡面的擺設似乎沒有發生什麼太大的改變，被放在牆角的鍛鍊器材，永遠開著半扇門的衣櫃，擺滿了軍事書籍和各種飛機模型的書架與書桌，以及軍綠色的枕巾被褥和床單……所以說，這傢伙到底是有多愛這類事物啊？

莫忘走到床邊，先伸出手推了推皺成一團的被子，然後扯開被子道：「喂，起床了！你想遲到……空的？人呢？」

女孩在房中搜尋了片刻後，目光落到了陽臺之上，她連忙走過去，在看到某個熟悉的身影後，鬆了口氣：「你……」

只見少年正面對著太陽初升的方向跪著，雙手在胸前交叉，眼眸緊閉，嘴唇微微開合間低聲喃喃自語著，似乎在祈禱什麼。

「……」莫忘愣了，認識了這傢伙十幾年，可從沒聽說過他還有信仰啊！

「該吃早飯了！」然後，她毫不客氣的一腳就踹向某人的背，卻被對方輕易的避過了。石詠哲以一個非常不優美的前翻姿勢就地一滾，手腳俐落的撤到牆角處，衝她冷笑了一聲：「昨晚也就算了，今天的我已經從這正氣十足的日光中汲取到了足夠的力量，只能在黑夜中猖狂的魔王喲，本勇者大人絕對不會輸給妳的！」

「……啥？」

等等，他剛才是不是叫她「魔王」而非「莫忘」？還自稱勇者？這到底是……

還沒等她想出個所以然，只見石詠哲不知從哪裡摸出一個衣架，站起身，將其高舉在手中大喊出聲：「看我的勇者無敵劍——！」

「……等！」

「啪！」

一聲脆響後，莫忘注視著被自己卡在雙手掌心的衣架，鬆了口氣，隨即就怒了：「你大清早發什麼瘋啊？！」

「怎麼會……」石詠哲卻彷彿遭受到很大的打擊，他鬆開手捂住心口，連連踉蹌後退，驚恐道：「我花費了十來年時間才磨練出的精湛劍術，怎麼會這麼容易就被妳破了？不……不……不！！！」

「……」莫忘忍無可忍的抓起衣架狠狠的砸到某人的腦袋上，「你給我適可而止啊混蛋！」

「！！！」

被打擊慘了的少年倒地不起。

「……」

糟糕，一不小心忘記收斂力氣了！被嚇到的莫忘連忙跑過去蹲下身詢問：「你、你還好嗎？石詠哲？阿哲？！」

人一緊張，多年未用的稱呼就這樣自然而然的說了出來。
下一瞬，少年猛的睜開雙眸。
莫忘被他嚇了一大跳，而後又鬆了口氣，小心翼翼的問道：「阿哲，你沒事吧？」
「……」石詠哲用一種很奇怪的目光看了她一眼後，伸出手摸了摸自己的後腦勺，悶哼出聲：「怎麼後腦又痛了……發生了什麼事？」
「……」
——大哥，這句話應該由我來問才對吧？
就在此時，門外再次傳來了張姨的叫聲。
「忘忘，那臭小子又賴床了嗎？把他打起來！」
「……」莫忘無語凝噎，臭小子倒是沒賴床，可惜依舊被她打了。
這真的是他親媽嗎？聽到後，石詠哲幾乎想吐血，忍不住回了句：「媽，我是妳買手機時附送的嗎？」
莫忘發出了「噗」的一聲，理所應當的得到了竹馬少年的一枚白眼，她也不甘示弱的瞪了回去，而後只聽張姨很是犀利的回答道：「不，是買馬鈴薯的時候別人順手給的。」
「哈哈哈哈哈……」莫忘終於忍不住噴笑出聲，「石詠哲你是大蔥嗎？」
「閉嘴啊，笨蛋！」

「混蛋，你別揉我腦袋！」

稍微鬧騰了一陣後，少年和少女一起走了出去，不同的是前者徑直去洗漱，而後者則是吃起了香噴噴的早餐。

趁著石詠哲不在，莫忘將自己想去醫院檢查身體的事情說了，而後看到張姨在表情怔了一秒後便笑著答應，這才明白她的「身體狀況」並不是秘密。

起碼張姨是知情的。

張姨猶豫的說：「忘忘……」

莫忘看向她，「什麼？」

「妳……」

「媽，我的早餐呢？」石詠哲不合適的亂入，毫無疑問的打斷了這場談話。

張姨沒好氣的說道：「吃吃吃，你就知道吃！」

「……」他招誰惹誰了？

飯後，莫忘快速的回到家中，做著上學的準備，而後就見艾斯特居然一臉嚴肅的等待在門口。

她問道：「出了什麼事嗎？」

「陛下，您是要與那位少年一起去學校嗎？」

「是啊，怎麼了？」雖然她是很不願意，可是石叔和張姨堅持兩個人一起才安全，再加上他們本來就是同班，早已習慣了這種事情。

「那麼……」青年突然單膝跪下，行禮懇求道：「請允許我艾斯特隨侍在您身邊。」

「……哈？」莫忘呆住，片刻後，她嚥了口唾沫，「你的意思不會是——要陪我去學校上課吧？」

「正是如此，請……」

莫忘立刻打斷了他的話：「不行！」

在家裡這樣就算了，她可不想在學校裡被人當成「中二」。

「絕對不行！」彷彿怕威懾力不夠，她再加上了一句。

「……」對於魔王的命令，艾斯特必須絕對服從，但是……只見他低下頭，似乎在心中掙扎了一番後，繼續開口道：「陛下，請至少允許我暗地裡護衛您的安全。」

「有必要做到這個地步嗎？我又不是一個人來回。」莫忘很是疑惑，她只是去學校，又不是上戰場打仗；況且，石詠哲那傢伙雖然不可靠，但也不會眼睜睜看著她出事。

「正是因為如此才危險。」

「……哈？」

緊接著，面容俊美卻沒有絲毫表情的青年說出了讓莫忘驚訝不已的話語：「陛下，您莫非認為昨夜的事情是偶然？」

「難道不是嗎？」

「是的。」艾斯特微微頷首，「如果剛才我沒有看錯的話，那位少年應該是被勇者之魂附體了。」

「什麼？」莫忘只覺得一陣無語。好傢伙，魔王出來就算了，現在連勇者也現身了？所以說她和石詠哲的名字果然沒取好嗎？

而後，經過艾斯特的解釋，事情大概是這樣的：

勇者身為魔王的天敵，不管在哪個世界都是必須存在的，而他存在的意義……沒錯，就是專門給魔王添堵的。而勇者的產生方法是被「勇者之魂」選中，選定的標準不明，男女老少甚至獸類都可能成為勇者；一旦被附體，「勇者」便會自動獲得一套聽說很厲害的「勇者劍法」，以推倒（？）魔王為目的，從此開始無盡的挑戰生涯。

聽完後，莫忘簡直驚呆了。

所以說，她和石詠哲那傢伙是天敵嗎？

不……不對啊……

莫忘響起石詠哲昨晚和今早的樣子，疑惑的說：「那傢伙似乎根本不知道自己成為勇者了啊！」

艾斯特回答：「應該是因為還處於融合期。」

「……沒有什麼解決的辦法嗎？」

結果卻是讓莫忘失望，艾斯特只是輕輕的搖了搖頭說：「就算您殺死這個軀殼，勇者之魂也會去選擇新的勇者。」

「……」殺人什麼的能做到才怪吧？

「而且依據陛下您的魔力值，隨便殺人會被扣成負數。」

莫忘吐血：「難道我只能被他揍？」

「不，並非如此。」艾斯特解釋道：「如果您只是反擊，則不會。當然，殺人除外，任何情況下殺人都是會被扣除魔力值的，畢竟魔王是所有人善意的結合體。」

「……」總覺得三觀又承受了一次衝擊。鬱悶的莫忘鼓了鼓臉，不滿道：「而且，總覺得好不公平。」

「？」

「你看，我要拚命的積累魔力值才能使用魔法，而勇者只要被附體就什麼都有了。」如果是別人成為勇者也就算了，問題是勇者居然是石詠哲，真是讓人太糾結了！

結果艾斯特居然搖了搖頭，「不，並非如此。」

「啊？」

「為了使用劍法，勇者也是需要積累魔力值的。」

莫忘呆住，「是、是這樣嗎？」

「沒錯。」

莫忘正準備繼續問下去，卻看到石詠哲已然走出了家門，很是不耐煩的看了眼還穿著睡衣的她，皺眉道：「還沒好嗎？」

「啊，馬上！」她差點忘記了，上學才是正經事。

她連忙想衝進屋內換衣服，而後只見艾斯特不知從哪裡捧出了她的衣服，表情嚴肅的像拿著什麼國寶似的

「請用。」

「謝……喂！」莫忘一把搶過他手中的衣服，「能別隨便動我的東西嗎？」

「這是屬下的職責。」

「……就算碰，你好歹把內衣夾在外衣裡吧！」居然大模大樣的放在最上面，他是想做什麼啊？而且石詠哲就站在門口啊啊啊！

「將衣物按順序擺放可以有效的節省您的時間。」

「……」她根本不缺那點時間好嗎？

莫忘幾近吐血的看向門外的少年，滿心期望的問道：「你什麼都沒看到，對不對？」

卻悲劇性的得到了這樣惡聲惡氣的回答：「妳有什麼好看的！」

「……」絕對看到了吧？他這樣的表現絕對是看到了吧！

糾結萬分的女孩沒有注意到，轉過頭的少年耳朵已經完全紅透了，她只是自顧自的數落起艾斯特：「下次這種事不許再做！知道嗎？絕對不許，這是命令！」

「……是。」

「……」莫忘再次死魚眼了。這傢伙到底在不情願些什麼啊？怎麼看，該鬱悶的人都是她好嗎？

第二章

石詠哲不可能是勇者

快速換好校服後，莫忘隨手梳了個馬尾就匆匆忙忙的提起書包跑到門外，和早已等得不耐煩的石詠哲一起踏上了上學的路途。

「跑快點！不然趕不上車了！」

「妳以為這是誰的錯啊？」

「我又不是故意的！」

一路跑還一路不忘互相攻擊的兩人運氣不錯，在斷氣之前，終於成功的趕上了以往乘坐的那輛公車。才一上車，女孩就習慣性的喊道：「大家早。」

少年亦是如此。

「早。」

「早啊。」

「你們也早。」

車中人陸續回答道。

四十來歲的司機大叔笑咪咪的說道：「今天你們差點遲到吧？」

「哈哈……」

「我本來還打算再多等十秒鐘的。」

「……」十秒鐘什麼都做不了吧？不過即便如此，莫忘還是笑著回答道：「謝謝叔叔，不過機會留給下次吧。」

刷好學生卡後，兩人一前一後的走向了固定的座位——第三排的二人座，稍微有些暈車的莫忘靠窗坐，石詠哲則靠近過道。這無疑是個非常好的位置，但即使車上已經坐滿了人，它依舊被空了出來。這並不是司機大叔刻意留下的，因為就算他這麼說也沒人會聽，而是大家約定俗成的。

「小妹妹，要不要紅薯乾？」前排的老太太突然回過頭，笑著遞上了一個小塑膠袋，「我自己家做的，來，嚐一根。」

「啊，謝謝。」莫忘愣了下，沒有拒絕對方的好意，只是很自然的拿起一根塞入口中。

「怎麼樣？」

莫忘豎起拇指，「很甜，好吃！」

老太太笑得很開心，「哈哈，那趕緊抓一把。」

她不好意思的推拒：「咦？那怎麼行？」

「沒事沒事，本來就是特意帶給你們吃的。」

莫忘轉頭一看，果然不少人都正在嚼，於是笑著接了過來說：「謝謝奶奶！」

石詠哲眼角瞥了眼因為一丁點小事就喜笑顏開的女孩，明明連對方的姓都不知道，卻毫無防備的接受著別人給予的食物，真不知道該說是單純還是蠢笨。

但是——

「石詠哲，你也嚐嚐，真的好吃！」

少年看了女孩一眼，伸出手自她手中同樣拿出一根塞到了口中。

她沒有撒謊，真的很甜。

最初，公車裡的氣氛並沒有現在這麼和諧。準確來說，他們是從上高中起才開始乘坐這輛公車的，也不知道她抽的什麼風，從坐車第一天起，上車的第一件事就是向裡面的人大聲打招呼。

一開始當然沒人搭理，石詠哲也覺得挺丟人的，她卻振振有詞，聲稱看到一報導說這樣有利於在公車上創造和諧環境。明明每天在這趟車上待的時間不到二十分鐘，和不和諧都無所謂吧？

後來某一天，有人開始回應她。漸漸的，就變成了現在這樣。

現在回想起來，從那時到現在也不過一個月的時間，車上的氣氛卻真的大大不同了。而且不知何時起，每次他們上車時，這兩個座位都會被空出來，偶爾趕不及時，司機和全車的乘客甚至會稍微等待片刻。有時候他也會覺得不可思議，因為這一切變化的開始居然只是一句「大家早」。

不過，她肯定不會想這麼多吧？

因為這傢伙是個完完全全的蠢蛋。

十來分鐘的時間轉瞬即逝，在說了句「大家再見」後，莫忘搶先跳下了車，深吸了口氣，感嘆道：「還是地面好啊……車子什麼的無論坐再多次都還是會有點暈。」

「妳這是自作自受。」石詠哲沒好氣的接口道。

「喂！」

「難道不是嗎？」

「……」好吧，某種意義上的確是，但是就算這樣她也不後悔，「走了啦！」

公車站離校門還有一些距離，她可不想因為聊天而遲到。

石詠哲跟在她身後，沉默了片刻後，突然開口問道：「今天在妳家的那個人……」

「啊？」莫忘下意識回過頭，認真的聽著他的話。

可惜就在此時——

「小忘！」

「這邊！」

「阿哲！」

聽到這樣的叫聲後，兩人相視一眼，隨即不約而同的分開走向了各自的朋友。雖然這所學校男生和女生間的界限並不那麼分明，但湊在一起玩的情況也並不是非常多。

「咦?小忘，幾天不見妳怎麼瘦了?」說話的短髮女生名叫蘇圖圖，是莫忘的朋友一號。

莫忘乾笑：「啊哈哈哈，是嗎?」那必然是扛瓦斯桶的成果啊!

蘇圖圖轉頭看向兩人身旁的另一個女生，問：「妳覺得呢?小樓?」

「大概?」戴著厚瓶底眼鏡的女生有著一頭漂亮的及腰長髮，髮尾有點天然捲。她歪了歪頭，說出了一句模稜兩可的話語。

「……算了，問妳也是白問。」蘇圖圖雙手扠腰，逼問起身邊的少女：「快老實交代，妳到底是怎麼減下來的?不然，嘿嘿嘿嘿……妳明白的!」

莫忘當然不可能講實話啊!她只好說：「並沒有刻意去減肥，只是不小心感冒，然後就瘦了。」

「哎?現在沒事了嗎?」

「嗯嗯，完全沒事了。」

話音剛落，莫忘突然發覺自己的瀏海被挑起，緊接著，一個溫暖的觸感落到了她的額頭上。片刻後，朋友二號林樓抽身後退，摸了摸自己剛才緊貼著對方的額頭：「不燙。」

「……」蘇圖圖扶額，「我說啊，她是感冒，不是發燒，妳這樣做也沒用吧?」

林樓點了點頭，片刻後，呆住道：「……是這樣嗎?」

「……」

「……」

——我們的朋友可以再呆一點嗎？

幾人就這樣一路聊天走到了位於一樓的教室，蘇圖圖和林樓是同桌，兩人一起坐在莫忘的面前，而莫忘的同桌則是……

「讓一下。」石詠哲一邊說著，一邊取下身上的單肩背包丟到裡側的桌上。

「你就不知道早點進來嗎？」莫忘雙手抱著桌子縮起身體，跟個球似的等對方滾進來。

少年一邊走進一邊很不客氣的回答道：「如果不是妳又胖了，會需要讓嗎？」

「……圖圖明明說我瘦了！」

「兩百和一百九十九的區別嗎？」

「喂！」

如果問莫忘這世上什麼是孽緣？

那大概是從幼稚園直到高中都和某人是同桌吧。

偏偏所有人都認為她和這傢伙感情很好，這才是最大的悲劇所在。

「我說你們兩個啊……」蘇圖圖轉過頭笑道：「每天都湊在一起不膩嗎？怎麼還這麼多話呢？」

「誰每天和這傢伙湊一起啊！」
「誰每天和這傢伙湊一起啊！」
又來了，兩人的異口同聲。
「……每次都這樣。算了，小忘，妳作業借我看一下，我有一題不確定答案。」
「……作業？」莫忘呆住。
「是啊。」蘇圖圖點了點頭。下一秒，她反應了過來，小心翼翼的問道：「妳該不會是……忘記帶來了吧？」
「……不。」莫忘搖頭，在對方鬆了口氣的時候，她聲調顫抖的說道：「我全都忘記做了。」這幾天全部的思維都被做好事占領了，以至於完完全全沒想起來還有作業這回事。
這真是——死、定、了！
「……」
「……」
「……」
連林樓這種天然呆都被她驚呆了好嗎！
片刻後，蘇圖圖朝莫忘伸出了個拇指，「妳勇啊！」
「……我不是故意的！」

蘇圖圖吐槽：「誰會信啊？」當學生忘記做作業很正常，但也沒聽說過全部忘記的啊！

「我信。」

莫忘瞬間被感動了，她兩眼泛紅的看向林樓，而後只見對方歪了歪頭，補充說道：「可是老師不會信吧？」

「……」

神補刀！

魔王陛下就這樣被ＫＯ了！

「啊啊啊啊該怎麼辦才好！」

「那就別浪費時間了！」石詠哲終於忍無可忍的開口。他就說嘛，這傢伙怎麼沒像以前那樣偷偷摸摸跑去看他丟在客廳的作業，原來是根本忘記有這回事。

他從書包中一把拿出作業本，丟到女孩桌上，「現在離上課還有十五分鐘，先把第一節課需要交的抄完。」

「我也來幫忙！」蘇圖圖義不容辭的舉手，「反正才開學一個月，老師肯定還沒記住我們的筆跡。」

「我也一起。」林樓說道。

「喂！」石詠哲轉過頭，朝後面的男生們喊道：「你們誰有新本子？給我幾本！」

「我這裡有！」

「我也有！」

一場悲劇似乎就這樣消散於無形，然而……

轉頭間，莫忘看到艾斯特正站在不遠處的空地上，衝自己微微搖了搖頭。即使看不到對方的嘴型、聽不到對方的聲音，她也能夠充分體會到其此刻的話語——

「陛下，抄作業會被扣除魔力值哦。」

「……」所以說，魔王這個職業到底是能有多坑爹！

「小忘？」見莫忘半天沒動作，蘇圖圖語調擔憂的問道。

「對不起！我我我我我還是去找老師自首吧！」說完，莫忘淚流滿面的站起身，然後義無反顧的啪嗒啪嗒跑出了教室。

「……」

這算是「天堂有路你不走，地獄無門你闖來」嗎？

片刻後，蘇圖圖看向石詠哲，問：「小忘這是怎麼了啊？今天好奇怪。」

「我怎麼知道！」少年皺著眉頭一把丟開手中的空白本子，片刻後，也站起身朝教室外走去。

「阿哲，都要上課了，你去哪裡啊？」後面有男生這樣喊了一句。

石詠哲頭也不回的揚了揚手，「廁所！」

★◎★◎★◎★◎

而此時，莫忘在經歷了一番沉痛的思考後，終於做出了一個艱難的決定——痛不欲生的走到教師辦公室的門口。等待上課的幾位老師正在裡面聊天，故而一時之間沒看到她。

掙扎了片刻後，莫忘還是硬著頭皮喊了聲：「報告！」

「唰唰唰……」

幾位老師同時轉過頭。

一時之間被這麼多道目光洗禮，莫忘覺得自己的腿有點軟，再想到自己接下來要說的話，她很有種想要落荒而逃的衝動。

「是莫忘啊，有什麼事嗎？」班導師孫欣如笑著問道。對於門口那個看起來很乖巧的女孩，她的印象還是很好的。

「我……」

孫老師和藹的招了招手，「進來再說吧。」

「……好。」莫忘老老實實的點了點頭，小步小步挪到班導師面前一公尺處，就不敢動了。其實她平時也不是那麼怕老師，只是……誰讓她犯錯誤心虛呢？

「有什麼事嗎？」孫老師注視著莫忘的表情，試探的問道：「是被欺負了？」

「不、不是的。」真被欺負了也不會來找老師啊！這樣做只會被其他同學鄙視的。

「那是怎麼了？」

「我……」躲是肯定躲不過去的，而且既然都走到這裡了……莫忘眼一閉心一橫，就這麼大聲喊了出來：「對不起老師我忘記做作業了！老師妳罰我吧！！！」

孫老師：「……」

莫忘低下頭，嚥了口唾沫，小聲接著說道：「抄課文罰掃地打手心都沒問題，老師我真的知道錯了，以後再也不敢了。」

「……」孫老師很無語，話都被這孩子說了，她能說什麼？

不過……

孫老師心念微動，想到之前石詠哲媽媽私下對她說的話，這孩子的身體似乎不怎麼好吧？再看她現在滿臉蒼白一身冷汗——被嚇的！——恐怕是連假時出了什麼意外狀況，她又不好意思說。再說莫忘之前別說不寫作業了，連一次都沒漏交過，看來應該是身體原因了。

她再抬頭看了眼其他老師，發現大家的眼神都差不多——也是，大家幾乎都被石家媽媽囑咐過，對這孩子的印象都不差。再說，高一開學才一個月呢，到底好不好現在也看不出來，暫且放過她一回也不是什麼大事。

「那……」

就在孫老師張開口準備說些什麼的時候，門口突然又傳來了一聲——

「報告！」

所有人再次朝門口看去。

莫忘呆了，石詠哲？他來做什麼？看她的熱鬧嗎？果然是壞蛋！

「進來。」孫老師看了看莫忘，又看了看走進來的少年，問：「有什麼事嗎？」

「我是來承認錯誤的。」

孫老師疑惑了：「……」平時犯了錯誤都不敢承認，怎麼今天一個兩個都來自我揭發？今天到底是個什麼日子啊？雖然心中疑惑，她還是表情淡定的問道：「你犯了什麼錯？」

「我把莫忘的作業本丟了。」

老師們：「……」這又是個什麼情況？

「……」莫忘目瞪口呆，「什、什麼時候的事情？」

「妳昨晚睡著後。」

「……石詠哲你混蛋！」身處辦公室，莫忘的智商因為獲得了「-5」的buff而暫時歸了零，於是聽到這話也完全忘記去思考邏輯，下意識的就開始噴人。

其實這也不能怪這傢伙，誰讓石詠哲平時老是和她作對呢？

石詠哲：「……」

笨蛋！但是……算了，本來他還擔心這傢伙不會演戲，現在看來倒是很逼真，因為完全本色演出無壓力。

莫忘大怒的問道：「你為什麼要這麼做？」

石詠哲別過頭，「因為看妳不順眼。」

「石、詠、哲！」

「什麼？」

「你你你你你……氣死我了！」莫忘忍無可忍的撲上去，跳起身一手就掐住了這傢伙的脖子，怒吼道：「我打死你！」

孫欣如：(⊙o⊙)

「你居然還躲！」

少年敏捷的閃躲著，「不躲就被妳打死了好嗎？妳這兩天吃了什麼，力氣變得這麼大！」

孫欣如：=皿=

「我咬死你！」

少年額頭掛汗的看著自己被咬住的手臂，「……妳是狗嗎？鬆嘴啊！」

孫欣如：「都給我閉嘴！！！」

「……」

「……」

被喝止的兩人面面相覷，終於記起此時狀況的莫忘整個人僵硬了——平時和石詠哲吵習慣了，結果一激動就忘記這裡是辦公室。

——老師我真的知道錯了！

同樣乖乖站好的少年則隔著衣服摸了摸手臂，發出一聲輕「嘶……」，斜看了女孩一眼，心想：人個子不大，牙齒倒挺利。

「你們兩個，都給我去教室外面站一上午！！！」

「……老師對不起。」

「……嘖。」

於是，領命去罰站的少年和少女就這樣並肩走出了辦公室。

注視著兩人背影的孫欣如又好氣又好笑：「他們到底是來做什麼的？」

旁邊另一位四十歲左右的老師笑著安慰道：「小孩子嘛，都這樣。」

「居然就這樣在辦公室打起來，真是……」

「那不叫打，是鬧。」老教師倒是看得很明白，「那兩個孩子感情好得很。」

到底「作業」是個什麼情況，當了這麼多年老師的他們能不明白嗎？而且……

「聽石詠哲的媽媽說他們從小一起長大，估計習慣了。」

孫欣如想了想，一點頭說道：「也是。」

要是真打起來，她也不會就這樣算了，肯定先要分別找兩人談話，說不定還要請家長來一敘。就算是罰，她也不會把兩人放在一起，以免一言不合又在教室外打起來，干擾正常的課堂秩序。

此時，老師們談論的中心人物已經走到了走廊上，女孩突然停下腳步，發出一聲輕呼。

「啊！」

少年回頭看她，「怎麼了？」

莫忘疑惑的說：「不對啊，我沒寫的作業本還裝在書包裡呢，你昨晚怎麼可能丟掉？」

「……」她的反應到底是有多遲鈍啊！滿心無語的石詠哲抽了抽眼角，轉過身自顧自的走了。

「喂！等一下，你說清楚啊！」莫忘追上，一把抓住石詠哲。

被她抓住手臂的少年卻輕嘶了聲。

莫忘有些緊張的看著他，問：「你怎麼了？」

石詠哲咬牙：「妳、說、呢？」

「……哈哈哈哈！」她什麼都不知道。

「少裝傻！」

石詠哲和莫忘回到教室後，受到了英雄一般的熱情接待——眾所周知，學校裡小道消息什麼的傳播最快，而除了讀書外，幾乎無所事事的學生們更是八卦消息的主體，所以兩人還沒走出辦公室就已然全校聞名了。

身為「英雄」的「朋友」自然與有榮焉。

朋友一號：「哎～聽說你們在辦公室打起來了？」

朋友二號：「真．英雄啊！」

朋友三號：「哲哥我決定崇拜你！」

朋友四號：「莫忘，看不出來呀，妳膽子居然那麼大，明明長著一張乖巧的臉。」

石詠哲：「閉嘴！」

莫忘：「……」被扣魔力值了，絕對被扣魔力值了！因為是她先對石詠哲動的手……所以說，她到底是因為什麼而去辦公室啊？

果然石詠哲這傢伙是災星，大災星！

她正糾結著，少年已然從兩人的桌上拿了第一堂課的書和筆，遞了一份到她手中，「走吧。」

「……哼！」莫忘一把搶過他手中的東西，扭頭就走了出去——才不要理他！

「……」

難得天氣這麼好，少年少女一起罰站吧！

到了教室外面後，莫忘特地選了個距離黑板最近的靠窗位置站著，這樣待會上課的時候運氣好還能聽到一些；至於筆記，只能下課找朋友們借了。

莫忘才剛站好，就發現石詠哲那傢伙居然站到了自己身邊。她鼓了鼓臉，又輕哼了一聲，轉過身就啪嗒啪嗒的從窗戶這邊跑到了另一端。

「……」被嫌棄的石詠哲雖然內心很是鬱悶，但厚著臉皮跟過去那種事誰會做啊！

於是他也哼了聲，扭過頭不搭理女孩了。

就在此時，這堂課的第一道預備鈴響了起來。

教室中的學生們漸漸安靜下來，按照課程表拿出課堂所需的課本、筆記本等物品，石詠哲一手將書丟到了窗臺上，背靠著窗臺就打了個哈欠，目光不知不覺落到了一旁女孩的身上，緊接著眉頭皺起。果然，她又開始……

完全沒發現自己被窺測的莫忘屏住呼吸，一手捂住胸口。

──時、時間似乎要到了？

兩分鐘後，她小心翼翼的抬起頭。

──來了！

女孩的臉上漸漸浮起點點紅暈，拿起手中的書遮住臉，小心翼翼的偷看著不遠處緩緩走近的、身形挺拔的少年，明明是同樣的校服，他穿起來似乎就格外的好看，尤其是那潔白襯衫領口與袖口處被一絲不苟扣緊的鈕釦，每次看到都會讓人覺得心裡癢癢的。

莫忘之前不知道從哪裡看過這樣一句話──

大概每個在學校就讀過的女孩，記憶深處都有個難以忘懷的白襯衫少年，他或許真實存在，或許只是虛幻。這個少年應該有著漆黑而細碎的髮絲、精緻的容貌、白皙的皮膚以及修長的手指，而最迷人的，則是他不經意間仰頭時，露出的那一截天鵝般優美的脖頸……

她覺得這話說得真的很準。不過，平時的這個時間坐在教室裡偷看還好，突然這麼近距離接觸真是……而且還是在罰站的情況下！

莫忘想到這裡心中就開始悲傷，她可以暫時回教室、待會再出來接著站嗎？

糾結間，少年已然走到了她的面前，而早在對方尚處於三公尺之外時，莫忘就已滿臉羞窘的低下頭，看起來似乎恨不得一頭扎進地上的螞蟻洞中去。

也許真的是因為距離過近，擦肩而過之際，莫忘覺得自己似乎聞到了對方衣物上傳來的淡淡清香，短暫的時間在這一秒彷彿被無窮盡的拉長了，而不知不覺間，手中向來愛惜的書已然被她捏得幾乎變形。

直到他終於走過……

莫忘大口的喘起了氣，才意識到自己似乎已經很久沒呼吸了，還好沒憋死，否則她可真的能當選「史上死法最悲劇的魔王陛下」了。

「石學弟，你怎麼在這裡？」

咦咦咦？石詠哲那傢伙居然認識學長？他怎麼從來沒和她說過！

「和你有關係嗎？」

「……」說話也太不禮貌了吧！莫忘鼓了鼓臉，暫時忘記了害羞，扭過頭看向兩人。

不得不提，莫忘與石詠哲就讀的這間學校有一點很受學生的歡迎，當然，並不是所謂的師資教學品質，而是……校服挺好看。

女生校服就是莫忘身上所穿的白襯衫和紅紫格子裙，再搭配上與裙子同色的領帶，鞋子的話可以隨意穿，只要別太誇張就好。襯衫有短袖與長袖之分，此時已經有怕冷的學生在襯衫外面加上了一件黑色的小西裝外套，天氣再冷的話還有毛背心外套的一系列搭配，且不論實用價值，總之看起來真的挺有朝氣也挺可愛。

而男生的衣物則比女生要稍微單調些，這個季節是全黑的西裝、白襯衫，以及與女生一樣的領帶，再冷一點亦有其他搭配；不過與女生有一點不同的是，男生的西裝外套是純黑的，而女生的小西裝外套則用白色稍微鎖了下邊，看起來更加活潑鮮亮。

莫忘記得，穆學長的制服總是穿得很齊整，不像石詠哲——這傢伙簡直像個小太陽，冬季完全不怕冷不說，現在穿個襯衫都要挽起袖子，領口的鈕釦也解了開來，領帶同樣扯得有些鬆。

此刻懶懶散散靠著窗臺的他與筆直站立著的學長，形成了鮮明的對比。

「抱歉，似乎是沒有多大關係。」穆子瑜好脾氣的笑了笑，隨即說道：「不過，需要我幫你向老師求情嗎？在外面站著不好聽課吧？」

「！！！」莫忘驚訝了。咦？這樣也可以嗎？

石詠哲卻冷冰冰的回答：「用不著。」

「……」如果不是站得遠，莫忘真想踹這傢伙一腳。難得學長一片好意，不要浪費啊！

穆子瑜微微一笑，「那麼……」

「學長，你這麼悠閒真的沒問題嗎？」石詠哲在對方說完話之前再次開口，他伸出手指指向空中，然後一邊看著手錶說道：「你的教室在三樓，而現在距離上課只有五分鐘，不，四分三十秒才對。多管閒事之前，先把自己的事情顧好如何？」

「你說的有道理。」穆子瑜笑容未變，點了點頭，「那麼，石學弟，下次見。」

說完，他很是從容的轉身離開，雖然似乎接受了少年的意見，但又看不到任何一絲匆忙的跡象。

石詠哲看著他的背影，輕嘖了聲，心裡吐槽：所以說，這種一看就很虛偽的傢伙，到底有哪裡好了？一個兩個小女生都被他迷得死去活來，真是蠢死了！

莫忘衝過去說道：「你怎麼可以對學長那麼不禮貌！」

石詠哲面色不滿的扭過頭看著她，「妳不是不要站我身邊嗎？又跑過來幹什麼？還說，特地為了那傢伙來指責我？他有那麼好嗎？」

「……說、說什麼呢！」莫忘的臉瞬間紅了，她結結巴巴的說道：「我我我只是覺得你這樣和學長說話不太好。」

「切，吵死了。」

「喂！」

少年扭過頭，索性不再搭理身邊那個讓人糟心的傢伙。

就在此時，這堂課的任課老師走了過來，莫忘連忙站好，偷眼一看石詠哲那傢伙不知何時也褪去了懶散的模樣，看起來如「站崗標兵」似的戳在那裡。老師經過的時候看了兩人一眼，略有些促狹的笑了笑，才走進了教室。

「……」果然老師還記得剛才那丟人的事情嗎？求忘記！想著想著，她不由得又鬱悶了，於是轉過頭惡狠狠的瞪向一切的始作俑者，卻發現那傢伙早已再次靠到窗臺上，手隨意的翻著書。

真是太可惡了！不過，他究竟是怎麼……

莫忘看了眼教室中開始上課的老師，又看了看四周，輕咳了聲：「那個……石詠哲……」

「什麼？」

雖然總是吵架，但兩人都有個共同點，那就是——氣來得快、消得也快，從來不會冷戰太久。

「你……和學長是認識的啊？」

石詠哲握書的手緊了緊，口中卻彷彿漫不經心的回答：「和妳有關係嗎？」

莫忘結結巴巴的說：「……我、我只是好奇而已。」

「認不認識都沒關係吧？」少年輕哼了聲，「反正他認識的是我，又不是妳。」

「……」

「就算妳打聽再多也沒用，學校裡像妳這樣的女生多得是，我保證他連妳的名字都不知道。」所以說，那種整天假惺惺、笑咪咪的傢伙，到底有什麼好執著的呢？

「……我也沒想讓他知道我的名字。」

少年扭過頭，果不其然的看到女孩低垂下的頭和有些消沉的側臉，但是……就算這樣，只有這件事他絕、對、不、會、妥、協。

沉默片刻後，他將手掌伸到女孩面前。

「嘖……好啦，那我請妳五串羊肉串，再多沒有了。」

莫忘抬起頭，一下子來了精神，「十串！」

果然這樣對女孩最有用，所以少年微微鬆了口氣，但嘴裡卻不妥協：「最多六串。」

「起碼也要九串。」

「七串。」

她拍上他的手，「成交。」

石詠哲看著莫忘因為一丁點小零食而重新恢復喜悅的臉孔，心中鬆了口氣，口上卻不饒人：「妳是大胃王嗎？」

「不服氣嗎？而且羊肉串又不是只有我一個人吃！」明明學生都很喜歡的，而且她本來就是愛吃這種東西的年紀嘛！

「……」這時，石詠哲突然想起了一件之前想問卻被打斷的事情，「對了。」

「嗯？」

「今早在妳家的那個男人真的是妳表哥嗎？」

石詠哲今早看到對方時就覺得奇怪了——正常的表哥會對表妹那麼謙恭嗎？還若無其事

的做出那種變態行為。他本來想在路上問，結果卻因為某人的慢手慢腳而耽誤了時間；車上那麼多人，當然也沒辦法問，好不容易下了車，結果……居然碰上了朋友，直到現在才成功問出口。

「……」艾、艾斯特嗎？莫忘的心中湧起了一種強烈的心虛感，好在此刻的她沒有看向石詠哲，否則估計已經露餡了，「他、他的確是我表哥啊，我不都跟張姨說了嗎？」

「正常的表哥會對表妹自稱『屬下』嗎？」

莫忘：「……」艾斯特那個蠢蛋！

不過石詠哲這傢伙還真是不好糊弄啊，她唯有繼續撒謊：「他其實有點中二病，不光自稱屬下，還叫我陛下呢！」

「……妳確定只是中二而不是變態嗎？」

「哈哈哈……」莫忘乾笑了兩聲，「他其實人不錯的。」

石詠哲又發現了一點不對勁的地方，「等一下，我以前怎麼從未聽妳說過有表哥？」

莫忘有些心虛的別過頭，「我沒事說這個做什麼？而且你到底在懷疑什麼啊，不是表哥我會讓他住我家嗎？」

石詠哲瞇了瞇眼眸，「真的？」果然，還是好可疑。

「當然是真的！」

「那就看著我的眼睛說話。」

「……」莫忘深吸了一口氣，在心中默唸幾遍「艾斯特是我表哥是我表哥是我表哥」，而後轉過頭看向石詠哲，大聲喊道：「他真的是我表哥！！！」

「……」

莫忘得意的笑了。哼哼，這傢伙現在總沒話說了吧？

誰知道石詠哲居然一把捂住臉，「笨蛋……」

「啊？」

隨即莫忘聽到從教室裡傳來老師的咆哮聲：「你們兩個，給我把忘記寫的作業抄十遍。」

石詠哲：「……」他沒忘記寫作業好嗎？

莫忘：「……」完全忘記自己在罰站了。

——果然，和石詠哲在一起永遠都這麼倒楣！好累，再也不能愛了……

被老師吼過後，兩人都老實了不少，不過也正因此，石詠哲沒有再就「表哥」的問題和她糾結，這讓女孩很是鬆了口氣，再談下去她覺得自己八成會露餡。

就這樣，一上午再沒有發生什麼事，直到上午第四節課的下課鈴聲響起，兩人同時舒了口氣，罰站什麼的雖然不是力氣活，但上課時還好，下課時其他同學的目光和嬉笑聲實在是讓人受不了，彷彿他們是什麼珍獸似的。

「走了，吃午飯去。」

石詠哲拿過莫忘手中的書，直接從窗口塞了進去，而後轉身就朝學生餐廳走去。

「等等我啊！」莫忘趺趺撞撞的跟在他身後。

兩人走到學生餐廳後，看到已經有不少人在排隊了。當然，學生本身可能是沒這麼自覺的，有人還說你推我擠才是餐廳的樣子，但自從去年有一個學長因此被嚴重燙傷後，學校就派專人來監督，所以秩序還算井井有條。

才排上隊，莫忘的肩頭就被拍了一下。

「嘿！」一個短髮女孩朝她打招呼。

莫忘笑了：「圖圖、小樓，妳們來了啊？」

「當然～」蘇圖圖燦爛的笑了，「就算天上下刀子也不能阻止我對學生餐廳的愛。」

「……」用不著說得這麼可怕吧？

「下鈔票就可以。」林樓涼颼颼的來了一句。

「……」

在那些無語的視線中，始作俑者則一臉迷糊的看向她們，歪了歪頭問：「怎麼了？」

「……」妹子妳還可以更呆點的！

很快，即將輪到莫忘幾人，石詠哲藉著身高的優勢將今日的菜色一一報上，頭也不回的問道：「今天吃什麼？」

「唔，我要……」

沒錯，莫忘的飯是石詠哲幫忙付錢的。當然，她不是自願的，只是……不知道是不是氣場問題，從小到大她身上就留不住錢，經常興高采烈的跑出門，淚流滿面的奔回家，所以從小兩家人都養成了習慣，每次都把錢交給石詠哲，再讓他牽著莫忘的手去買零食。

哪怕兩人之後鬧翻，這事情也沒變——當然，小手手再也不給他牽了！

來這所學校後，莫忘以為自己的運氣會發生轉變，可惜也只是「以為」而已，在開學三天內掉了兩次錢後，她無奈的再次踏上了尾隨某人的路途。

正當幾人將餐盤放到長桌上、準備坐下時，莫忘突然感覺到學生餐廳裡似乎有些寂靜，她有些不明所以的朝左右看了看，就在此時，她聽到身旁的蘇圖圖小聲叫道：「小忘，看那個人！」

沒抬頭的莫忘下意識說：「啊？」

「從門口進來的那個，好成熟好帥氣！小樓妳看是不是？」

「好高……」

「……」莫忘突然有不好的預感，果然轉頭一看後，她就瞬間淚流滿面。為什麼艾斯特會來這裡啊？不是說好是「暗中」保護嗎？

下一秒，兩人的視線相對了。

青年的眼睛亮了亮，腳步依舊優雅，卻略快了些。

「……」

莫忘微微的搖了搖頭，示意對方不要過來，可是艾斯特似乎沒有看懂她的暗示與眼神中的懇求，沒有一絲猶豫的走到了她的面前，然後鞠躬說道：「請恕我失禮。」

「……」他這次倒是很聽話的沒喊「陛下」，但是她一點都不覺得安慰好嗎！

驀然，艾斯特一把握住了她的手腕，堅定的扯動，而後彎下了身，抱起了莫忘。

「哎？哎哎哎哎？等、等一下！」

不明所以的女孩就這樣在別人驚訝的視線中被青年抱在懷中，接著快速的自學生餐廳飛奔離開。

這件事發生得如此突然，以至於直到兩人的背影消失在門口，莫忘的朋友一號才反應過來，朝著二號驚叫出聲：「什、什麼情況？」

林樓推了推眼鏡：「啊？」

「……算了，問妳也是白問。」蘇圖圖立刻轉頭看向站在桌對面的少年，「石詠哲，這是怎麼回事？」

「……」

「石詠哲？」

「別問我。」少年的話像是從牙縫裡擠出來的，「我、也、不、知、道。」

相處十幾年他都完全不知道她還有這種奇奇怪怪的表哥！也不知道她表哥會在大庭廣眾之下做出那種顯眼的事！更加不知道那個笨蛋會毫無反抗的就被「不熟悉」的男性抱著帶走！！！

——哇，好強的怨念啊……

蘇圖圖抖了抖身體，輕咳出聲：「吃飯吧，好餓啊哈哈哈哈……」

★◎★◎★◎★◎

另外一邊的莫忘，就這樣被抱著跑離餐廳。

過了片刻，滿臉呆滯的莫忘才反應過來，連忙手打腳踢抱著自己快步行走的艾斯特，「你做什麼呀？快放開我！」

此時的艾斯特已然因為到達目的地而停下了腳步，他彎下身，如捧著什麼珍寶般的將女孩放落到地上，隨即單膝跪地致以歉意：「失禮了，陛下。」

「……你都知道失禮了，為什麼還要這麼做啊？」她簡直想哭了好嗎！這傢伙居然在學生餐廳那種人聲鼎沸的地方玩公主抱，救命！她已經預感到了悲劇好嗎？回去後一定會被圍觀的！

——啊……好累……再也不想去上課了……

「因為情勢已然到了刻不容緩的地步。」

「……哈？」

「陛下，恕我直言。」艾斯特一邊說著，一邊小心翼翼的從懷中掏出了水晶球，「您的魔力值即將跌下五十點。」

「……怎麼回事？」什麼情況？莫忘大吃一驚，「我只是不小心打了下石詠哲啊，怎麼會……」

「不僅如此。」艾斯特冷靜的嗓音此刻聽在的女孩耳中簡直像是喪鐘，「您還撒謊，還在上課吵鬧，還……」

「夠了！」莫忘悲哀的捂臉，「你以為我撒謊和吵鬧都是因為誰啊！」都是因為眼前這傢伙好嗎？上次跟張姨告狀時，就已經被扣魔力值了，今天又……

「請懲罰我吧，陛下。」

「啥？」

「如果能稍微消除您心頭怒火的話。」艾斯特不知從哪裡拿出一把匕首，手捏著刀刃，將柄遞到女孩面前，「無論怎樣的重責我都願意承受。」

「別鬧了！誰會用刀子捅人啊？」

「抱歉，是我沒有考慮周全。」艾斯特說了這樣一句後，不知從哪裡又掏出了一條帶著倒刺的鞭子，恭恭敬敬的雙手奉到女孩面前，「那麼，請用這……」

「你到底都帶了什麼奇奇怪怪的東西啊！」莫忘表示還好手中沒有餐盤，否則她當場就扣這傢伙臉上了，「別逼我做這種沒下限的事，而且我會被繼續扣魔力值的好嗎！」

「不會的。」青年不知何時又變成了手按心口的姿勢，懇切的垂首，「因為屬下是完全自願的。」

「……你夠了。」莫忘簡直想吐血，「你專門把我帶出來就是為了做這種事嗎？」

——怎麼辦？突然真的好想捅人了，麻麻對不起她三觀敗壞了！

艾斯特搖頭，「不，並非如此。」

「那是？」

「為了保證陛下您能夠繼續使用初級魔法對抗勇者，我在校園中搜尋到了可以做的好事。」

莫忘驚訝了，「哎？這裡嗎？」

「正是如此。」

莫忘左右看了看，這裡是位於學校西北角的一座小樹林，每隔一些距離就有供人休息的長椅，雖然說這裡存在的最初目的是供人安靜讀書看景，但聽班上的男生說這裡早在八百年前就成為了學生心目中的「約會聖地」，連校長和教師們對此都是心中有數，所以經常會有保全來回路過——不過，只要不太「過分」也不會被怎麼管。

因為現任校長一直以「開明」聞名，他的名言就是：「這種事再怎麼防也是杜絕不了的，因為這是人生的必經階段。而且年輕人心中有種逆反心理，越不讓做反而越想做，越拆散他們反而越想黏在一起，最後說不定會造成嚴重後果。所以，堵不如疏。」

故而，學校經常會組織學生們去看一些「初戀看似好，絕對死得早」的影片，加強人的心理陰影。

且不說有效無效，反正對於學生來說，哪怕是站在走廊中聊天，也比坐在教室裡舒服，所以大家都挺滿意。

「在哪裡啊？」莫忘找來找去，實在沒看到什麼需要幫助的人，畢竟大家應該都在吃飯吧。突然，她聽到了這樣一聲——

「喵～～～」

聲音似乎來自頭頂？莫忘聞聲抬頭，只看見一根枝葉繁茂的樹枝上，咦？那個是……

只見一團白乎乎毛茸茸的物事趴在樹枝上一動不動，微風吹拂間，那些白色的絨毛隨其顫動，看起來又可憐又可愛。

「貓？」

女性本來就熱愛各種可愛的小動物，更何況莫忘正處於這樣的年紀，她不用想就下意識發出了「咪咪」的喚貓聲。原本趴在樹枝上的白團子又顫了顫，一黃一藍的異色眼睛可憐兮兮的看向樹下的女孩，隨即發出了一聲奶氣十足的叫聲：「喵～～～」

「好可愛。」莫忘情不自禁的捂住心口，這等萌物的殺傷力必須乘上一百，難道說……她要做的好事是把牠弄下來嗎？

為了拯救萌物，莫忘決定親自上樹。經過她的觀察，這棵樹不難爬，而那根橫出來的樹枝也足夠粗，應該可以承受得住她的體重。

女孩屬於「行動派」，一旦下定決心就會立刻去做。

只見她快速解開袖口的鈕釦，再將雙袖挽起，抱著粗粗的樹幹就開始上，大概是因為有幾年沒做過這事，身手都有些生疏了，不過她很快就找到了感覺，哼哧哼哧爬得挺起勁。

而後她聽到某人說：「陛下，恕我失禮，現在不是玩樂的時候。」

「……哈？」莫忘呆住，「好、好事不是帶貓下來嗎？」

雖然依舊是面無表情，但青年的眼眸中似乎閃過了一絲無奈，「貓是會爬樹的。」

「……」是哦，不然牠怎麼上去的？是她蠢可以吧！

「是屬下沒有考慮周全，居然害得您如此失望。」艾斯特不知從哪裡找出了一根雞毛撢子，「請您……」

「你給我閉嘴！」真是的，這傢伙是有被虐傾向嗎？而且，他究竟是怎麼把那些亂七八糟的東西帶在身上的？真是完全不明白！「而且，好事不是這個，那是什麼啊？」

話音剛落，只見艾斯特不知又從哪裡掏出了一個空著的雙肩竹簍、一雙手套和一個清潔人員撿垃圾專用的取物夾，隨後將三者遞到了她的面前。

莫忘的心中泛起了些許不好的預感，「等等，你所說的好事，不會是……讓我在這裡撿垃圾吧？」

「陛下英明。」

「……」不，她一點都不想英明好不好！「這種事吃完午飯也可以做吧？為什麼必須現在來啊！」

而且為什麼要為了這種事，在大庭廣眾之下把她抱出去！

「因為再過十分鐘，就會有清潔人員來清掃。」艾斯特輕嘆了口氣，「陛下上午又沒有時間……」

——是啊是啊，因為她在罰站嘛！真是對不起了喂！

可是，為了那可憐的魔力值，莫忘還是認命的揹上竹簍再戴上手套拿起取物夾，淚流滿面的彎著腰在樹林中撿起了垃圾。才剛走了幾步，她又聽見一聲貓叫，回過頭時，只見那白色的團子動作優雅的自樹上一躍而下，轉頭瞥了她一眼，而後頭也不回的邁著漂亮的貓步離開。

「……」她這算是被一隻貓鄙視了嗎？

「陛下？」下定決心要好好保護認真撿垃圾的魔王陛下的青年，敏銳的發現了女孩的呆滯，輕聲詢問道。

「牠、牠就這麼下來了？」

「……是的。」青年怔愣了一瞬，隨即貼心的解釋道：「準確來說，如果不是陛下您在這裡，牠恐怕早就下來了。」

「……哈？」

艾斯特解釋說：「因為貓本身是怕生的動物，很多人發現牠在樹上，以為是下不來，但其實……」

莫忘淚流滿面的接口道：「……其實牠心裡想的是——『愚蠢的人類快點躲開，本大爺才好下去』嗎？」

她吐血。所以說，礙事的人是她才對嗎？真是毀三觀！

「沒錯，正如您所說。」

「……」求別補刀！TAT

★◎★◎★◎★◎

此時，學生餐廳中的幾人繼續在用餐，大概是因為心中有事的緣故，有些人吃得那叫一個沒滋沒味——放入嘴中的簡直不像是食物，而是白紙好嗎？不，白紙都比它們有嚼勁！

蘇圖圖隨手叉了幾下盤中的飯菜，大大嘆了口氣：「所以說，莫忘的表哥到底要帶她去做什麼啊？」

所謂的前情提要，蘇圖圖已經從石詠哲那裡「逼問」了出來，然後她單手捂臉道：「啊！莫非是去吃大餐？好羨慕！表哥一看就是土豪，土豪土豪和我做朋友吧！」

「你們年紀差太遠。」

蘇圖圖差點撲倒在桌子上，「……小樓妳能別總是補刀嗎？」

「啊？」聽到蘇圖圖的話，林樓歪頭，然後一臉迷惑，表示一無所知。

「……算了，但起碼我和土豪的表妹是同學！」蘇圖圖重新打起了精神，握拳，然後一臉怪笑，「所以說我只要抱緊小忘的大腿就可以了！說起來上次換衣服的時候我摸過，很滑的樣子。」說完，她左手在空中虛抓了兩下。

一直靜靜吃著飯的石詠哲突然劇烈的咳嗽了起來，「咳咳咳咳咳……」

「你沒事吧？」

石詠哲轉頭捂住嘴，對著桌下連連咳嗽，耳中聽到這麼一句，心裡頓時更憂鬱了——廢話，怎麼可能沒事！不過這傢伙是女生吧？像這樣占同性的便宜還洋洋得意真的沒問題嗎？

「喂喂，石詠哲？」

「我吃完了。」石詠哲站起身，推開面前的餐盤，「妳們慢慢吃。」

「……哈？」

蘇圖圖注視著少年的背影，無語的托腮，「小樓，他那反應是怎麼回事？生氣了嗎？」

林樓歪了歪頭，「大概？」

蘇圖圖頓悟了，拍桌道：「啊！莫非他是要背著我們去抱小忘大腿吃大餐？可惡，那個卑鄙的傢伙！」

林樓：「……」

可惜，夢想是肉感的，現實是骨感的。

在蘇圖圖口中正在「吃大餐」的莫忘，此刻還在辛辛苦苦的撿垃圾呢～

第三章

艾斯特不可能是體育老師

啦啦啦！啦啦啦！我是撿垃圾的小行家……

別人吃飯我滿地跑……

一邊走一邊瞧……

這裡的垃圾真不少……

撿著撿著，這耳熟能詳的旋律就浮現在莫忘的腦中，以至於她甚至情不自禁的哼出了聲來。一邊哼歌一邊撿垃圾，似乎工作也稍微輕鬆了點，不過，那些人約會就不能做點正經事嗎？除了吃吃喝喝喝，就不能更有建設性嗎？比如……咦？約會該做些什麼來著？

想著想著，她無意間抬起頭，發現一直跟在她身邊的艾斯特不知又從哪裡弄出個本子，唰唰唰的在快速寫些什麼，她不由得好奇問了：「你在做什麼？」

「在記錄陛下您動聽的音色。」艾斯特將本子反過來送到女孩面前。

「……」喂喂，不僅有歌詞，似乎還有曲譜，這樣真的沒問題嗎？

「真是首感人肺腑的歌，陛下，不如將它設為國歌如何？」青年說這話時，表情尤為嚴肅，連每一根髮絲都在拚命的散發著「我很認真」的味道。

「國、國歌？」這麼隨便真的沒問題嗎喂！而且這首歌曲她也不是原創，抄襲可恥！盜版有罪！

「是的。」艾斯特點頭，「每一任魔王陛下都可以自由選擇國旗、國歌和城堡樣……」

「停！不用再說明了！」再這樣下去，她對於魔王酷踐帥的印象就要完全破滅了好嗎！請想像一下，升上三角白旗，然後所有魔族一起圍著魔王唱「啦啦啦啦啦啦我是撿垃圾的小行家～」，她都快流出悲傷的眼淚了！

「是。」

「得加快動作才可以啊！」眼見著艾斯特聽話的閉上嘴，莫忘鬆了口氣，她想十分鐘內做完，然後回去和朋友們一起吃午飯呢……

「沒錯。」艾斯特贊同的點頭，「再過十五分鐘，學生餐廳後門會來一輛運貨車，到時候陛下您可以幫忙卸貨；據說廢棄的桌椅今天中午也會被運去……」

「……」莫忘淚流滿面。所以說，這傢伙到底是有多努力的找好事啊？啊啊？啊啊啊！

她忍了再忍，終於忍無可忍的問出口：「那我的午飯怎麼辦？」

「當然已經準備齊全了。」

她聽著一看，就見艾斯特手中不知何時又出現了一個塑膠袋。

莫忘沉默了片刻才無奈的問：「這回又是什麼？」

別說是狼牙棒啊，她說不定真的會動手的！

「為了有效的節約時間，我購買了眾多同種的麵包。」艾斯特一邊說著，一邊將袋子展開，「請問陛下想先用哪一種呢？」

「……那個毛毛蟲吧！」

所謂的「毛毛蟲」其實是一種長條形的麵包，長相挺可愛，餡料也很多，莫忘很愛吃。

「是。」艾斯特盡職的撕下一小塊麵包，彎下腰小心的遞到女孩的口邊，「陛下。」

「……你做什麼？」

艾斯特皺了皺眉頭，似乎有些苦惱，但很快又露出了恍然大悟的表情。只見他張開嘴，發出了一聲很是可笑的音節：「啊——」一邊做著這動作，艾斯特一邊在心中點頭，按照昨天那臺名叫「電視」的機器中展現的手法，餵食是這樣沒錯吧？

「……」不得不說，莫忘真的挺想笑，因為艾斯特現在的表情真是蠢爆了，誰讓他是個面癱臉！不過，她還是毅然決然的扭過頭，繼續撿垃圾，「算了，我還是待會吃吧。」她又不是小孩子，被餵食這種事情實在太丟人了，就算沒其他人看到也做不出來好嗎？

「……我明白了。」艾斯特默默收回麵包，雙手抱起塑膠袋。

「……」所以說，他到底失落個什麼勁！

經過一中午的「奮鬥」，莫忘終於成功的將魔力值拉離了危險界限。得知這個消息時，她整個人都鬆了口氣，隨即只覺得手腳都不像自己的了，這還是在有力量加持的情況下，如果沒有……她會被折騰得多慘啊！

「時間差不多了，陛下，您該回教室了。」

「……不回去行不行？」肯定會被圍觀的。

「隨意曠課的話，會被扣……」

「我知道了！」

在這一刻，莫忘覺得自己隱約明白了為什麼每個魔王都想報復社會——

這不是他們的錯，而是糟心世界的錯啊！

也不知是不是錯覺，回教室的路上，莫忘總覺得有人在看她，雖然已經強硬的「命令」艾斯特別跟在她身邊，但是……也許是因為心裡有「鬼」的緣故吧，她感覺其他人好像都在議論中午的事。

從沒經歷過這陣仗的女孩無比羞窘，這種情緒驅使她雙手捏成拳，低下頭一個勁的往回走，到最後，簡直像是在跑。

「啊！」

結果，「心虛」的小白兔就這麼撞到了樹……不，是其他人的身上。

險些摔倒的她顧不上別的，低著頭連連道歉：「對不起，我不是故意的，真的非常非常對不起。」早知道就不那麼急了，這下更丟人了，求拯救！

隨即，她聽到對方嘆了口氣。

「妳沒事跑什麼？腿那麼短跑起來醜死了。」

說話這麼刻薄的人只有——

「石詠哲？」莫忘抬起頭。

果然，站在她面前的，不是少年還能是誰？

一看是熟人，莫忘瞬間放下了心，剛才那副軟綿綿的白兔樣頓時消失。

「你在這裡做什麼啊？」

石詠哲毫不客氣的反問：「這話應該我問妳才對吧？一中午都到哪裡去了？」

「……」不提還好，一提她就想哭了好嗎！一中午都在勞動什麼的……

也許是看女孩的表情實在太過悲慘，少年默默的嚥下心中的好奇，輕哼了聲：「喏……」

「啊？」

莫忘呆呆的注視著對方遞來的黃色紙袋，裡面飄散著熟悉的香味，她下意識的嚥了口唾沫說：「羊、羊肉串？你買給我的？」

——不是有什麼陰謀吧！超可疑的！

「妳那是什麼表情啊？如果不是上午說好，誰會買給妳吃。」一看她的表情，石詠哲炸毛了，他抖了抖手中的袋子，「不要算了！」

——啊！對了，上午他答應過的。

「要！當然要！」莫忘一把奪過袋子，發現裡面居然還是熱的，她幸福的拿起一根，想也不想就塞進了嘴裡，而後就悲劇了，「燙……燙……」

——就知道這傢伙沒安好心，在這裡等著她呢！

「……妳小心點啊！」

好在石詠哲準備齊全，他立刻擰開一瓶水，遞到女孩面前，可惜莫忘正一手提著紙袋、另一手拿著肉串滿地亂竄，他不得已湊上前，左手托著她後腦勺，右手將瓶口對準她的嘴，一點點的灌了下去。

片刻後，悲慘的魔王陛下終於擺脫了這場大危機，出籠的智商似乎也飛了回來，她終於想起可以將肉串塞進紙袋中，「嗚……差點以為要死了……」

墓誌銘是「死於羊肉串」什麼的，絕對不要！如此想著的她下意識吐出粉嫩嫩的小舌頭，伸出右手隔空搧了搧。

下一秒——

「砰！」

有什麼東西落到了地上。

莫忘只覺得腳背一涼，而後發現石詠哲那混蛋居然把水落到了地上，雖然沒直接砸到她腳上，卻也瞬間打濕了她的運動鞋。

「石、詠、哲！你、在、做、什、麼？！」

莫忘毫不客氣的發出了這樣一聲憤怒的大喊，對方卻沒如以往一般回敬她。

——咦？他是怎麼了？

她好奇的將目光從腳上轉回了少年臉上，只見他單手捂著臉，整個人如同呆了般一動不動，看起來好奇怪。

「喂！石詠哲？」等等！他的臉也好紅……不會是又犯病了吧？

莫忘連忙做好防備的姿勢，雖然在手上搖晃著的紙袋讓她的動作看起來有些可笑。

接下來，對方果然有了動作——跌跌撞撞的轉身就跑，半路上差點一不小心滾在地上。

「……」

——所以說，他到底是怎麼了啊？果然，這個年紀的男生都是蠢蛋，完全無法理解！算了，還是趕緊吃完回教室吧！

下了決定的莫忘三下五除二將手中的羊肉串迅速處理乾淨——這次她沒有再重複之前的悲劇——而後撿起地上的瓶子，與紙袋一起丟入了垃圾桶，又洗乾淨手才回到了教室中。好在這個季節不算冷，鞋子就算濕了一點也還勉強可以穿。

因為時間掐得很緊的緣故，幾乎是她前腳剛進教室，後腳老師就來了，完全沒給那群壞蛋起鬨的機會。

對此，她表示非常愉悅。

不過有一點莫忘挺疑惑的，那就是靠窗坐著的石詠哲始終用右手撐著頭，整堂課臉都側過去對著牆的方向，這樣真的能聽到課嗎？而且也完全沒辦法做筆記吧。八成是在偷睡吧？哼哼，如果他課後找她借筆記，必須好好為難一下這傢伙才行。

懷著這樣的心情，這堂課莫忘的筆記做得格外認真。

可惜，再美好的時間也總會結束，哪怕再不捨，下課的鈴聲依然響起……

——老師……不要走……不要走啊……

也許是女孩真摯的眼神感天動地，教物理的劉老師離開前連連看了她好幾眼，可是看歸看，劉老師還是走了……

「小忘！！！」

「……」

看吧！幾乎是瞬間，所有人的目光都集中到了她的身上，而好友蘇圖圖更是毫不客氣的轉過身來，雙手猛拍在她的桌上，大喊出聲：「土豪表妹我們做朋友吧！」

「……哈？」

「別隱瞞了。」蘇圖圖連連點頭，「妳表哥我一看就知道是高富帥，快說，中午他帶妳去吃什麼好料？」

班上沉寂了片刻後，瞬間爆發出了一陣激烈的討論聲——

「咦？那是莫忘妳表哥嗎？」

「長相好帥……」

「是啊，好高呢～」

「我還以為是她男友呢，哈哈……」

「怎麼可能？你看她那張呆臉，能找……嗷！你揍我幹嘛？」

「你怎麼能說出這麼傷人的實話呢？」

「……莫忘，對不起！」

「……」都說出來了再說對不起還有用嗎？而且「實話」什麼的……她就長著一張找不到男朋友的臉，怎麼樣？怎麼樣？怎麼樣？不可以嗎？反、反正她還有穆學長！雖然他完全不知道她的名字……

莫忘這麼一想就突然好想哭。

不過也多虧蘇圖圖的大嗓門，頓時全班都知道今天出現在學生餐廳的傢伙是莫忘的表哥，她正準備替好友按個讚，沒想到對方立刻又捅了婁子——

「對了，小忘，他為什麼要抱著妳走啊？」

所有的目光再次唰唰唰的落到莫忘身上。

「……」這讓她怎麼回答啊喂！

就在此時，坐在身旁的少年說了這樣一句話：「當然是因為她腿短，對方嫌她走得慢！」

「誰……」莫忘下意識回嘴，卻正對上石詠哲的目光，她鼓了鼓臉，默默吞進去剩下的話。腿短就腿短吧，好歹比她無法解釋要強。

有同學噴笑：「哈哈哈！說得也是，是夠短的！」

「……喂！我還在成長期！」現在的個子很正常好嗎！

蘇圖圖露出恍然大悟的表情，「所以需要吃大餐進補嗎？」

莫忘十分無語。所以說，她就這麼動作嫻熟的又將話題轉回來了？真是神一般的聊天技巧，膜拜！

「土豪表妹。」

「……小樓，怎麼連妳也這麼說？」

林樓雙手合十，肯求的看著她，「可以跟老師說，讓我別上體育課嗎？」

「這種事怎麼可能做得到！」

沒錯，下堂課正是學生們最愛的體育課——莫忘也是因此才穿白球鞋上課的。而林樓妹子最討厭的運動就是所有運動，可惜身體太健康，完全找不到任何理由免修體育，因此每當全班興奮的時候，她總是非常低落。

同學A：「說起來，也該去操場了吧。」
同學B：「啊，沒錯！」
同學C：「快走，快走！」
不用傻坐在教室中的興奮瞬間點燃了學生們的激情，大家嬉笑著爭先恐後走了出去，很快就聚集在學校操場上，等待著老師的到來。
然而，他們等到的卻是——
「小忘，那不是妳的……」
「土豪表哥？」
「……」莫忘再一次風中凌亂了。什、什麼情況！！！
能體會這種心情嗎？
就像是北極熊在你面前澆了自己一身油漆，然後牠就變成了棕熊……莫忘此刻的想法大致如此。
所以說，為什麼艾斯特會變成他們的體育老師啊喂！
「喂，怎麼回事？」站在她身邊的石詠哲輕聲問道。
莫忘不知所措的扭頭回答：「我我我我我也不知道啊！」

——親，完全沒聽說過這件事好嗎？

說話間，剛才還在不遠處的艾斯特已然走到了所有人的面前。與之前見面時不同，他的身上不知換上了從哪裡弄到的一套黑色運動裝。但是，莫忘覺得能把運動服穿出西裝的感覺，這傢伙還真是個人才。

女孩眼中銀髮藍眸的青年，在其他人眼中雖然面孔稍微有些西方感，但卻有著與眾人無異的黑髮黑眸以及黃皮膚。即便臉孔超乎常人英俊，卻沒有展露出一絲一毫的表情，被那雙幽深的眼眸注視著，少年少女們甚至會有種錯覺——眼前站著的並不是人，而是一架機器。

所以說，就像莫忘之前害怕艾斯特一樣，他身上真的存在著某種「生人勿近」的氣場，不，也許還有著更多她無法理解的氣質，只是這種氣場在「魔王陛下」的面前，總是迅速就消散於無形，所以她不知不覺間對待艾斯特的態度已經變得極其自然。

而其他朋友們，似乎就沒有這麼好的運氣了——他們都被驚呆了，所以不知不覺就停止了喧鬧，一個個老老實實的站在原地。不過，與其說像是等待檢閱的士兵，倒不如像是一隻隻待宰的小豬。

就在此時，上課的鈴聲終於響起。

「我是你們的新任體育老師。」

青年終於開口，聲音與他的外表非常相配，十分自然的散發著濃濃寒意，但在場所有人都覺得這嗓音和他契合極了，好像天生就該是如此。

「你們可以稱呼我艾老師。」

聽到這裡，莫忘默默的為中文的博大精深點了個讚，居然有姓「艾」的，真是太好了！不過話又說回來，這傢伙的名字萬一叫「肯尼斯」，難道要自我介紹姓「肯」嗎？坑？一股坑爹感撲面而來……

「從今天起，我會好好的『訓練』你們，以便讓你們成為……」艾斯特頓了頓，接著說道：「合格的……學生。」

莫忘淚流滿面，她想自己已經成功的在心中補全那句話了，大概是「以便讓你們成為魔王陛下合格的手下」？別鬧了！大家明明是同學好嗎？以及別在正常社會培養魔族爪牙啊！這不算是在做壞事嗎？

「現在給我站好。」

眾人連忙排排站。

而後，只見艾斯特身上的氣壓更低了。

「這就是你們所謂的排隊嗎？亂七八糟，毫無章法。」

眾人：「……」

——老師，我們每次都是這麼站的啊……

「現在全員聽從我的調配！一排三位，出列；二排……」

在青年強大氣場的壓制下，學生們老老實實的按順序排好了隊，就連刺兒頭都沒頂半句嘴，但是……問題是為什麼有一個落單的？

莫忘淚流滿面的舉手發問：「艾、艾老師，我為什麼沒有位置呢？」

沒錯，現在操場上的形式大概是這樣的，左邊一大群，右邊一小隻——她就是右邊那個倒楣的娃兒。

艾斯特扭過頭，因為心中牢記著女孩之前說過的話語，因此他沒有行禮，只是語調依舊謙恭：「像這種勞累的訓練，不適合您尊貴的身軀。」

「……」莫忘心中只想求艾斯特不要再給她拉仇恨了。

「……」班上同學心想：那就適合我們嗎喂！就算是親戚也不帶這樣偏袒人的啊，抗議！抗議！抗……老師我們錯了！求別看我……

「我我我可以的！我身體很好的，讓我也參加吧，艾老師！咳咳咳……」為了防止自己成為全班公敵，莫忘拍著胸脯說道，但一不小心就拍過頭嗆到了。

「但是……」

她雙手合十，「拜託了！」

艾斯特嘆了口氣，「我明白了。那麼……」

最終，莫忘被安排在了陣列的正中央，似乎這樣做才能讓對方安心，她真心是無力吐槽，像這樣的和平世界，像她這樣的平凡（？）女生，能有什麼危險啊！

「全員跑步八百公尺。」

「……」

「哎？」終於有人發出了這樣的聲音。

此聲一出，就像開了什麼頭，學生們爭先恐後的說起話來，畢竟不是有個說法叫做……對了，法不責眾。

「老師，會死人的！」

「是啊！我們之前都只跑四百公尺的。」

「沒錯，艾老師，你是新來的吧？」

艾斯特冷冷的說道：「九百公尺。」

「……」

「老師……」

艾斯特面無表情的再次開口：「一千公尺。」

「……」

一片寂靜中，青年的聲音格外清晰：「再不動的話，就一直跑到下課。」

「……」

所有人淚流滿面的跑了起來，莫忘混在其中，深切的感覺到了什麼叫做「階級敵人」……啊啊啊啊大家的目光不要這麼火熱啊，她hold不住！

「莫忘。」有人小聲叫。

「啊？」莫忘轉頭問。

「妳就不能讓妳表哥放我們一馬嗎？」

「是啊，是啊……」

其他人紛紛應和。

「得了，你沒看他連這蠢蛋都沒放過嗎？」石詠哲冷笑了一聲，開口說道。

莫忘習慣性反駁：「……誰是蠢蛋啊！」

「明明能站在一旁休息卻還跑回來和大家一起受罪的，不是蠢蛋是什麼？」

「你……」哎？等等，不過他這話一出，似乎其他人的眼神好多了，是錯覺嗎？這傢伙難道大發善心了。

「別發呆了，笨蛋！」少年一把抓住女孩馬尾。咳，手感還挺好。

「放開我！」果然，這傢伙就是個混蛋！才不是什麼好人呢！

「不過，一千公尺真的沒問題嗎？」緊跟在莫忘身後的蘇圖圖淚流滿面，「我今天還能活著回去嗎……」

林樓推了推眼鏡，很是淡定的回答：「理論上來說，妳是不會死的，頂多累到吐舌頭。」

「小樓妳……」

林樓看向莫忘，又問一遍：「土豪表妹，真的不能讓我免修體育嗎？」

「這種事怎麼可能做得到！」真能她也不能說「能」啊，絕對會被其他人纏死的！

這時，有個男生開口了。

「不過，剛才是哪個蠢蛋開口的啊？害得八百變成一千！」

說話的傢伙正是之前說莫忘長著一張「沒有男朋友臉」的倒楣孩子，他名叫張社，心底不壞，不過其為人白目又經常口無遮攔得罪人的緣故，似乎從小時候起外號就叫「長舌」。

有人反駁說：「不就是你嗎？」

張社呆住，「……啊？喂，別打我啊！」

「別鬧了，要跑到艾老師那裡了！」

「……」

所有人果斷閉嘴，跑步跑步。

不得不說，人類的潛能是巨大的，最終班上幾乎所有人都跑完了一千公尺，雖然一個兩個喘得跟老牛似的。可惜艾斯特並沒有因此而放過他們，之後還這樣這樣再那樣那樣……

於是，這堂課結束後，青年獲得了一個光榮的稱號——惡魔教師！

某種意義上，莫忘覺得他們真相了。

下一堂課，因為對比，同學們聽課都非常的格外認真。

學生：再也不想上體育課了，相比而言其他老師都是好人啊！起碼從來不會往死裡折騰我們！

老師：學生們居然這麼認真？好感動、好感動！我再說仔細點！

所以說，這也算是另類的皆大歡喜？

★◎★◎★◎★◎

下午放學後，因為這所學校沒有晚自習的緣故，莫忘和石詠哲一起踏上了回家的路途。

不得不說，這真是讓前者鬆了口氣，託艾斯特的福，她這一天的校園生活真是過得那叫一個豐富多彩——完全不想再回顧了好嗎？

但無論如何，今天回去必須和艾斯特好好談談才可以。

回程兩人倒是沒有選擇坐公車，反而選擇了走路，用張姨的話說就是——學生一天到晚坐在教室裡，日常鍛鍊實在太少，適當的散步可以強身健體。

當然，他們選擇的也不是早上的路線，因為太長也太耗時間。現在所走的這條因為規劃原因只容許小車通過的小路，只須步行四十分鐘左右就可以到家。這條街道兩旁種滿了法式梧桐，不久前還很蔥綠的它們隨著十月的到來已然染上了淡淡的黃色，青綠交間的景色並不奇怪，反而顯露出了某種別樣的祥和寧靜。

「啊，小毛球！」莫忘仰起頭，驚呼出聲。

石詠哲懶洋洋的抬頭一看，一開口就成功的打擊到了某人：「那是梧桐的果實吧。」

「我我我我當然知道！」

「是嗎？那妳也應該知道它的別稱吧？」說話間，石詠哲的嘴角勾起一抹淡淡的笑意，但在莫忘看向自己之前就快速斂去了。

「別稱？」

「是啊，別稱。」

莫忘：「……」

——別稱到底是什麼呀喂！石詠哲這混蛋，絕對是故意的！

「怎麼，不知道嗎？」石詠哲扭頭，用一種「少撒謊，我看透妳了」的眼神注視著她。

石詠哲這眼神成功的讓莫忘惱火了，她想：不就是別稱嗎？這有什麼難的！看看那顆果子，毛茸茸的，嗯，大概是叫……對了！

「毛、毛球梧桐！」

「……」石詠哲扶額，「我為妳貧瘠的想像力感到悲哀。」

「……喂！」莫忘很不滿，「你這麼有本事就說說看啊！」

「可以啊。」石詠哲聳肩，「這種梧桐樹也叫懸鈴木。看，那一顆顆垂下來的毛球，不是很像懸掛其上的鈴鐺嗎？」

「真的很……」不，雖然的確很像，但這種時候如果承認了就輸了。莫忘打定主意不能讓身邊的小子太得意，於是輕哼了聲，「不好好上課，專門學這些，你就不覺得羞愧嗎？！」

「那還真是對不起了。」

「你知道就好！」

石詠哲卻很拉仇恨的說：「不過最起碼我沒忘記做所、有、作、業。」

「……」混蛋！不帶這個時候翻舊帳的喂！

莫忘想也不想的抬起腿就踹向某人，卻在千鈞一髮的時刻停下了動作，不是她心軟，而是主動揍人會被扣除魔力值。算、算了，她就寬宏大量的放他一馬吧！於是她毫不客氣的衝某人「哼」了一聲，轉身就跑，把他一個人撂在原地了。

石詠哲：「……」這傢伙居然沒動手，腦子壞了嗎？

莫忘：「……」

石詠哲：「……笨蛋妳走錯路了！都第幾次了……」

莫忘：「……這只是個失誤，失誤而已！」

不過很顯然，兩人似乎都很習慣這樣的「失誤」，畢竟從小到大都不知道經歷多少次了。片刻後，兩人再次如之前一般並肩走在路上，因為附近有不少住宅區，現在又是放學時間的緣故，沒走多遠，他們便遇到了一群排隊過馬路的小學生。

莫忘自然的停下腳步，「真懷念啊，好像不久前我們也是這樣的。」

「……」

「喂，怎麼不說話？」

「……」

莫忘疑惑的看向身旁的少年，「石詠哲？」

「……」

如此再三的被對方忽視，這讓莫忘有一點生氣，她鼓了鼓臉再開口：「你又……」

莫忘的話音戛然而止，因為她清楚的看見注視著那群小學生的少年，臉上正掛著無比奇怪的笑容。

「……石詠哲？」

彷彿終於聽到了她的叫喚，少年緩緩扭過頭，漆黑的眼眸中泛著明顯的紅色光芒，「魔王，上一次被妳跑掉是我的失誤，這一次可不會這麼容易了。」

「……」這個是……又發作了？不、不會吧，這種時候？莫忘捏緊書包的帶子，下意識後退了幾步。

「明明看起來只是個很弱的魔王，但普通的劍法似乎還是無法打倒妳，那麼——」少年勾唇一笑，「只能使用被封印的絕技了！」

「被封印的……絕技？」

「沒錯。」少年一把捂住臉，哈哈哈哈哈的冷笑出聲，身軀隨著笑聲不斷顫抖，「魔王喲，今天就是妳的死期！」

——怎、怎麼辦才好啊！

「不過，在那之前，我要積累更多的魔力值才可以。」

「魔力值？」莫忘這才想起艾斯特說過，為了使用劍法，勇者也是需要積累魔力值的，那麼他取得魔力值的方法是什麼呢？

正疑惑間，她突然看到少年一轉頭衝向了那群小學生，並快速的在他們之間穿梭著。

——他這是要做什麼？

片刻之後，少年停下了動作，他單膝跪在地上，一手撐著額頭，另一手高舉，其中握滿了——棒棒糖！

那群被搶了棒棒糖的小學生瞬間哭喊了起來。

「嗚哇！還我棒棒糖！」

「把棒棒糖還給我……媽媽……」

「嗚嗚嗚嗚……強盜……」

「……」不、不會吧？難道是她出現了幻覺？

就在此時，少年再次動了，只見他一把將那些棒棒糖全部塞入了口中，嘎吱嘎吱的大嚼了起來，一邊嚼還一邊哈哈大笑。

「力量！我能感覺到力量湧上來了！」隨即他轉過頭，狠狠的瞪向莫忘，「魔王，受死吧！」說著，他隨手從地上撿起了一根梧桐樹枝，就氣勢洶洶的朝莫忘衝了過去。

「看我的宇宙霹靂無敵超級劍！」

「啊！」

莫忘被嚇得眼睛一閉，下意識伸出雙手。

「啪！！！」

與早晨相似的脆響聲響起。

發覺自己似乎哪裡都不痛、而且掌心中還有熟悉觸感的莫忘，小心翼翼的睜開了雙眼。

果然，那根樹枝如早上的衣架般，被她緊緊的卡在了雙掌之中。

「怎、怎麼可能……」少年也如早晨那情景一般露出了驚愕的神色，一邊注視著自己的雙手，一邊連連後退，「連這招都沒有用！魔王，妳果然是邪惡的極端……力量！我需要更多的力量！」

他一邊說著，一邊回轉過身，看樣子是準備再衝向小學生。

「……你夠了！」已經完全被刺激了的莫忘毫不客氣的抬起手，直接用手中的樹枝將少年砸翻在地。

「啊！」少年──「勇者大人」倒地，卻依舊堅強的掙扎著斷斷續續說道：「我……不會……放棄……正義……」而後白眼一翻，斷氣……不，是暫時昏迷了過去。

「……」如果正義就是這種玩意，還是別有比較好吧？莫忘搖頭吐槽。

就在此時，一道熟悉的聲音出現在少女耳邊。

「陛下。」

「艾斯特？」莫忘回過頭，發現果然是這傢伙，「你怎麼在這裡？」

艾斯特微微躬身：「我一直在您的身後。」

「……哈哈哈，是嗎？」差點忘記了，這傢伙是個重度跟蹤狂。

艾斯特遞給她一個塑膠袋，「如果不介意的話，請用。」

「這是什麼？」莫忘接過艾斯特手中的塑膠袋，打開一看，「棒棒糖？」

「是的，去發給那些孩子如何？」

「啊，說的也是。」再這樣哭下去，怕是要把大人們引過來了吧？

莫忘連忙跑過去，一邊發糖、一邊安撫起那群小孩，等到終於把事情了結，她默默擦了下頭上的汗，「累死我了……」

「辛苦了。」

「不……不過，沒想到勇者獲得魔力值的方式居然是……」一想到這個比她還坑爹的方法，莫忘就覺得心理平衡了。

艾斯特微微頷首，「沒錯。如果說魔王是透過做好事來積累魔力值，那麼勇者則是正好相反。」

「但是，動不動就舉起東西當劍來打人，也太危險了吧？」今天是她運氣好，但萬一哪天運氣不好呢？不會真的被勇者打死吧？那可真是太冤枉了。

艾斯特卻如此說道：「請無須為此擔心。」

「哈？」雖然艾斯特就在附近卻沒上前來幫忙就足以說明沒有危險性，但莫忘還是很好奇原因。

「因為每一位勇者都會被魔王百分百空手接白刃。」

「……」

——喂！這到底是什麼坑爹的設定啊混蛋！

——所以說，這樣的勇者，到底有什麼存在價值啊！！！

★◎★◎★◎★◎

這一天，石詠哲是被莫忘揹回家的。

雖然她本想讓艾斯特幫忙的，但用對方的話說——「這是好事」，再加上石詠哲的遭遇又實在太慘，莫忘也就硬著頭皮上了，反正又不是沒扛過瓦斯桶！

過程中，她不由得感慨當初加持了力量還真是好，否則怎麼可能做得到這種事？唯一有點問題的就是，石詠哲比她高上不少，她的手臂又不夠長，所以揹著時，總感覺挺不舒服，後來她索性將兩人的書包全部掛到了對方身上，然後彎下腰來了個標準的公主抱，真是方便多了！

於是，路上的人們都看到了這樣驚異的一幕——少女抱著昏迷的少年招搖過市，他們的身旁還跟著一位身材挺拔的冷面青年，目光那叫一個冷，一掃之下紛紛沒人敢看第二眼。

但俗話說「防民之口甚於防川」。於是，經此一事，莫忘和自家竹馬算是在路人的眼中混到了充分的存在感了。

「對了，艾斯特。」走著走著，莫忘突然想起了一件事。

艾斯特轉過頭，專注的注視著比自己矮了不少的少女，「陛下？」

「你怎麼會變成我們的體育老師？」她本來早就該問了，結果不小心忘了。

「請饒恕我的擅作主張。」艾斯特說話間就又要跪下，但考慮到女孩說過別在大庭廣眾之下做這種事，他猶豫了片刻，最後還是躬下身行了個禮後才說道：「這是因為……」

簡而言之，因為有位體育老師出了事故突然入院，學校決定暫時招聘一位臨時教師代課數月，結果應聘者不知為何壓根沒來，而身著西裝在校園中晃蕩的艾斯特似乎被當成了那個人，就這麼被趕鴨子上架了。

莫忘聽著聽著，提出了疑問：「等等，就算是這樣，畢竟你們是兩個不同的人，名字、照片什麼的都不一樣吧？」

艾斯特回答：「是的，所以屬下稍微使用了一些魔法。」

「……」真方便啊，所謂的魔法。為什麼她這個魔王所能加持的魔法卻那麼坑爹呢？真是太不公平了，求交換！

「我知道這種行為並不正確，甚至可能玷汙您的英名。陛下，請給予我懲罰。」

「不許當街拿出什麼奇怪的物品！」她深切的懷疑只要給對方機會，這傢伙真能拿出狼牙棒，「而且，你這樣做也是為了更好的保護我吧？所以這次就算了，但下次不可以再這樣了，知道嗎？今天真是嚇死我了。」

「是。陛下，您的寬容堪比明月，能得此光照耀，屬下真是萬分榮幸。」

「……」雖然聽不太明白，但應該是在誇她嗎？

不久後，兩人走到了社區附近。

「嗯……」因為莫忘下手並不重的緣故，石詠哲並沒有昏迷太長時間，在發出一聲低低的呻吟後，他緩緩睜開了雙眸，足足愣了十來秒後，才充分理解了現在是個什麼情況，「妳妳妳……我我我……」

「啊，你醒了？」莫忘停下腳步，歪頭問道。

「什、什、什麼情況……」

很顯然，少女的竹馬驚呆了。

莫忘不明所以的反問：「什麼什麼情況？哦，你昏迷了，然後我就把你抱回來啦。」當然囉，「你是被我揍暈的」這句話她很明智的吞入了腹中，只是她沒說而已，並不算撒謊。

石詠哲一臉囧囧的表情問：「一路上妳都是這樣？」

「是啊，不然還有誰？」說到這，她輕哼了聲，「如果不是怕張姨擔心，誰管你啊！」

如果是平時，少年早就還嘴了，可是現在的他似乎完全沒有這種心情，只是連滾帶爬的從女孩的懷裡逃下去，身形踉蹌間就那麼在地上滾了幾圈，差點把地面清理得閃閃發光。

「喂，你沒事吧？」莫忘本著「做好事」的原則，問道：「要我抱你上樓嗎？」

石詠哲狼狽的爬起來，微紅著臉轉身快速離開，「誰、誰需要妳做這種事啊！」

「……」莫忘難得的領悟了對方話語背後的真實心情──他這是不好意思了嗎？真難得，這個臉皮厚的傢伙居然還會這樣……等等，她是不是忘記了什麼？

莫忘在原地思考了片刻後，恍然大悟的追了上去，她還要抄被罰的作業，結果書包被石詠哲揹走了，「書包！把書包還給我啊！」

因為這件事情的後遺症，石詠哲在接下來的三天中都沒辦法和莫忘正常相處。當然，這也是很正常的事情──對正處於青春期的少年來說，被一直喜歡的女孩用公主抱抱著回家什麼的……真心是太虐了！連稍微腦補一下都是一臉血好嗎！

而這期間，他又曾不少次變身為「勇者」向「魔王」發出挑戰──當然，結局總是以失敗告終。有一次他甚至半夜跑過去，結果被閉著眼睛的女孩夢中空手接白刃，然後最終淚奔而去……

在這其中，莫忘發現了一件有趣的事──似乎每次石詠哲被她揍後，就能保持一段時間的清醒，且下手越重，延續時間就越長……所以說，她以後經常要揍他？雖、雖然好像是過上了自己夢寐以求的生活，但總覺得哪裡不太對勁！

這段時間裡，張姨還帶莫忘去工作的醫院做了一次詳細的身體檢查。

第四章

這變態不可能是魔王軍士兵

時間就這樣推移到了四天後的下午，莫忘放學回到家中時，艾斯特告訴她一個消息——

「陛下，魔力值已經積累到所需數量。」

「哎？這麼說，我又可以得到新魔法了？」莫忘一聽就激動了，這次選什麼好呢？

「……不，並非如此。」可惜，艾斯特卻否決了她的話。

「哈？那是……」

艾斯特小心翼翼的從胸口處取出水晶球，單膝跪下後，雙手將其奉送到莫忘面前，「您可以利用它召喚出另一位忠誠的奴僕。」

「除了你之外還有其他人？」

「當然。」艾斯特肯定的點頭，「準確來說，所有魔族都以您為主，只不過，我們幾位的魔力相對而言較為強大，故而有幸被選出來侍奉陛下。」

「……」一個艾斯特就夠麻煩了，還要再來一個？完全不想要好嗎！於是莫忘想也不想的回絕了，「果然還是算了，我覺得有你就夠了。」

「陛下……」聽到她的話後，艾斯特不知從中會意到了什麼，古井無波的眼眸中居然泛起了某種類似於激動的波動，隨即他深深的垂下了頭，語調謙恭而堅定的說道：「萬分感謝您的信任。」

莫忘有些尷尬的撓了撓臉頰，「別這樣，其實很多事也多虧了你。」

如果不是艾斯特突然出現，她的身體也不會好轉吧？

青年抬起頭，如同寶石般的冰藍色眸子深深的注視著少女，「被選為您的侍從開始，我便對魔神大人立誓——願將此身此心此魂奉予您手，供您驅使，直至為您流乾最後一滴血。直至今日，這份意志也從未改變。所以您無須感謝我。」

「……」莫忘一聽到最後一滴血什麼的，不僅不感動，反而覺得可怕。

「但是，我建議您還是召喚為好。」

「為什麼？」艾斯特向來不會無的放矢，所以莫忘也不得不聽一下他的原因。

艾斯特解釋說：「隨著勇者魔力的增長，他很可能召喚出聖獸輔助戰鬥，我一人恐怕無法護衛周全。」

「聖、聖獸？」這種一聽就超級可怕的名字是怎麼回事？別、別鬧啊！難道石詠哲從此以後要轉職到馴獸師嗎？

「所以，陛下，請您務必再考慮一次。」

「……」

她真的還有考慮的餘地嗎？

莫忘最終嘆了口氣：「我明白了……但是，所謂的召喚該怎麼弄？用血嗎？」

「不用那麼麻煩，用您身體的一部分就可以了。」

「……！」更加麻煩了好嗎！

她就知道，所謂的「魔王」不是這麼好做的，看，出問題了吧？

居然要用身體的一部分……

於是現在的莫忘面臨了一個超級嚴肅的問題——是要小命還是要一具完整的軀體？可以都選嗎？

「陛下？」也許是女孩臉上糾結的表情太過明顯，艾斯特疑惑的問道。

「艾斯特……」

「？」

「能不切手嗎？我想留著它做作業。腳也不行，我還要上學。不然……腎怎麼樣？我看電視新聞說有人拿它換手機和電腦，切掉應該沒事吧……」

腎好歹有兩個，應該沒問題吧？話說如果下一次選擇加持體質，割掉的腎能再長出來嗎？不行！她光是想想就覺得超級可怕啊！

「陛下……」艾斯特向來面無表情的臉抽搐了下，很快恢復如常，「您不必如此，毛髮與指甲同樣也屬於身體的一部分。」

「啊……原來如此！」莫忘露出恍然大悟的表情，隨即才發覺到自己似乎在青年的面前做了什麼蠢事，她連忙輕咳了聲，「那麼，我們開始吧。」

「我明白了。陛下，首先請選擇召喚的地點。」

莫忘思考了一下後說：「唔，儲藏室可以嗎？你上次也是從那裡出來的。」

「是。」

兩人一起走到儲藏室後，艾斯特用從學校帶回的白色粉筆在地上畫出一個紋路華麗、線條繁密的魔法陣。莫忘蹲在一旁好奇的看著，雖然完全看不明白，但對方隨手就能畫出這樣美麗的圖案，實在是讓身為美術廢柴的她太佩服了。

「對了，艾斯特。」

艾斯特停下手中的動作，轉頭應道：「陛下？」

「不用停，你繼續。對了，和我說話會打擾你嗎？如果會的話還是……」

艾斯特搖了搖頭，認真的說道：「不，無論何時何地，您永遠都不會打擾到我。」

「……哈哈哈。」是無論何時何地都滿口甜言蜜語吧？這傢伙如果轉職成為情聖應該會超級厲害。雖然他看似完全不是故意的，說的也都是真心話……不，或許這才是真正可怕的地方也說不定。所以說，男人這種生物還真是可怕，當然，石詠哲那種蠢蛋除外！

「而且，像這樣的魔法陣，我從小時候起每天都會進行練習，就算是閉著眼睛也可以畫出來。」彷彿是為了安慰女孩，艾斯特緊接著說出了這樣一番話。

「好厲害。」莫忘滿眼讚嘆的點了點頭，「不過畢竟是召喚，還是仔細點比較好，畫特別重要的地方時，可以不理我的。」

「是。」

莫忘問道：「對了，上一次我召喚出你時，並沒有畫魔法陣，為什麼這次就需要啊？」

艾斯特詳細的回答：「因為很巧合的，當時我正在藉助魔神大人的幫助尋找陛下的蹤跡，而後被您召喚到了這裡。雖然離開前我留下了時空標記，但這段日子以來依舊沒有其他人到來，恐怕……」

「恐怕？」

「大概是送我穿越時空過度的消耗了魔神大人的力量，所以其他人無法再用此種方式來到您的身邊。」

「這樣嗎？」莫忘驚訝的問道：「等等，所謂的魔神不是信仰，而是真正存在的嗎？」

艾斯特給予了她肯定的答覆：「正是如此。」

「哎？這樣啊……」不過既然是魔界嘛，有什麼奇怪的事情似乎也不奇怪了。

就在少女張開口準備詢問更多有關於「魔神」的訊息時，青年也恰好畫下了最後一筆。

「陛下，已經完成了。」

莫忘不得不將注意力放到了魔法陣上面，「那接下來呢？」

「只需要將這個放入其中，再讀出咒文就好。」艾斯特一邊說著，一邊不知從哪裡摸出了一個玻璃瓶子。

莫忘好奇的一看，發現玻璃瓶中居然裝了幾片指甲，她的心中頓時浮起些許不好的預感，結結巴巴的驚問：「等、等等，艾斯特，那指甲是……？」

「沒錯，正是陛下您的。」

「……」問題不在這裡好嗎？「你怎麼弄到的？」

艾斯特很是淡定的回答：「是這樣的，前幾天陛下休息時，腳不小心從被子裡伸出，為了防止您生病，我就……」

「前情提要就算了，說重點！」

「是。」艾斯特點點頭，真的跳到了重點，「為了防止過長的指甲刺破您嬌嫩的肌膚，我便將它們剪下了。」

「……」這個也重點過頭了吧？不、不，問題是艾斯特的行為，「你居然趁我睡覺的時候幫我剪腳趾甲？！」莫忘無言了。

艾斯特卻好像完全沒意識到問題的嚴重性，一本正經的回答：「陛下，無須介懷，這是我分內之事。」

「……」她難道還應該誇獎他嗎？麻麻救命！這裡有個變態！QAQ

「陛下？」

莫忘喊道：「以後不許再這樣做！！！」

「……」

「聽好了，絕對不可以！否則我……我我我我就三天不理你！」

艾斯特有些消沉的低下頭，「……我明白了。」

「……」所以說，他到底在失落個什麼勁啊！

莫忘突然對即將出現的「新手下」充滿了不安感，艾斯特這個看似正常的傢伙都不正常成這樣了，那麼下一個……真的沒問題嗎？

——現在後悔還來不來得及？

——不……似乎來不及了。

因為艾斯特已經擰開了玻璃瓶的蓋子，小心翼翼的倒出一片指甲在手心，而後將其放到魔法陣的正中央，緊接著他站起身，一邊妥善的收起了瓶子，一邊唸出了莫忘完全聽不明白的神秘咒文。

雖然已經經歷過一次這樣的事情，但莫忘依舊覺得眼前的場景超級不可思議。

幾乎在艾斯特開口的同時，用白色粉筆畫出的華麗魔法陣便發出了藍色光芒，隨著那話語不斷自他形狀完美的雙唇間流出，光芒越來越盛，如果說最初只是寶石之光，到了後來，房間內簡直像是沉到了藍色海洋之底。

莫忘震驚的注視著眼前的一幕，一時之間什麼都忘記，直到艾斯特呼喚起她——

「陛下。」

她回過神來：「啊？什、什麼？」

「請您複述我的話。」

「啊、啊，好。」

幸好艾斯特要她學的並不是什麼咒文，而是一句標準的國語，於是莫忘老老實實的複述著——

「以魔王之名，我忠誠的奴僕，奉此令現身於此世。」

雖然臺詞中二了點，但怎麼說呢？

能夠親身參與這種奇蹟般的事情，莫忘還是挺開心的。

而且魔法陣還很給面子的回應了她的話語，綻放出了更為燦爛的光芒。緊接著，一股螺旋形的颶風驀然從魔法陣的正中央颳起，頃刻間便席捲了整個房間。

「陛下，請當心。」艾斯特不知何時出現在連連後退的莫忘身後，用雙手及懷抱將她穩穩的護住。

很快，風停息了。

莫忘驟然瞪大的眼眸中，一個之前並不存在的身形倒映其中。

有著一頭高貴淡紫色長髮的青年單膝跪地，聲調優雅的應道：「尊敬的魔王陛下，您忠誠的奴僕謹遵召喚而來。」

說話間，他緩緩抬起了自己的頭。

這是一張英俊到了驚人地步的臉孔，而其上最為顯眼的是那雙與髮絲同色的眼眸，好像五月間盛放的紫羅蘭一般，泛著動人的光澤。

即使已經見過艾斯特，莫忘依舊被眼前青年的長相深深的震撼了，不能說他比艾斯特更加帥氣，只能說兩者好看的方向似乎不太一樣。對此沒有什麼研究的莫忘雖然沒辦法說出個所以然來，但卻清楚的意識到了一點——魔族的基因似乎特別好，一個兩個都那麼的美形。真的很容易讓人自卑啊！

似乎是注意到了女孩的表情，青年嘴角的笑意漸漸加深。

直到——

「第二個被召喚出來的是你啊，格瑞斯。」

「……艾斯特！」青年在聽到這話之後，英俊的臉孔居然一瞬間扭曲了。

「……」莫忘驚了。這傢伙是「變臉」傳人嗎？看起來表情好可怕！

「我的宿敵啊，和我一決勝負吧！」名叫「格瑞斯」的青年邊說邊從地上跳起，手指著艾斯特，自信滿滿的說道：「這一次，一定要讓你品嘗到失敗的滋味，然後趴在地上誠心誠

拯救世界吧！
少女魔王！
魔王陛下不可能是女高中生！
NOVEL
三千琉璃
ILLUST
重花

意的喊我——格瑞斯大人！」

面對著對方的挑釁，艾斯特淡定的八風不動，「格瑞斯，請不要在陛下面前失儀。」

青年自信一笑，「這個小女孩魔王已經徹底沉醉在我的美貌和優雅中不可自拔，沒什麼可擔心的。倒是你，艾斯特，現在就趴在地上喊我『格瑞斯大人』的話，我可以考慮待會下手輕一點哦。如何？我給你三秒鐘的時間考慮。」

艾斯特搖頭，「我拒絕。」

青年不解的看著他：「為什麼？」

「我對結果已經注定的戰鬥沒有任何興趣。」說這話時，艾斯特的表情淡定異常。

青年明顯的怒了，「艾斯特！你是在瞧不起我嗎？」

「不。」

青年看起來好像下一秒就會暴走，「那是什麼？！」

艾斯特回答：「我並非瞧不起你，只是沒有辦法高估你的武力值，僅此而已。」

「這有區別嗎？！」

「當然……」

「……」莫忘默默的舉手，「我說……」

兩人紛紛看向她。

在這樣的注視下，莫忘突然覺得壓力挺大，但她還是堅強的把話說完了——

「找艾斯特打架之前，你能先穿上衣服嗎？」

一直光著屁股原地蹦跳什麼的……麻麻她的眼睛要瞎掉了！為什麼她的身邊都是變態啊！為什麼！

因為莫忘的話，這場比試就這樣在它出生之前便被掐死。

半個多小時後，堅持要洗頭洗澡完才穿上衣服的青年單膝跪在女孩面前，語調恭敬的說道：「魔王陛下，請原諒我之前的失禮。」

「沒、沒事啦。」反正她也不是第一次看到沒穿衣服的男人了。

——麻麻妳的女兒已經被玷汙了……

「請允許在下自我介紹，我的名字叫做格瑞斯．科爾塔斯．伊所爾達．加利弗．伊索爾德．加森．伯納迪恩．巴克（中間省略三、四百字）．布倫德爾，是布倫德爾家族的第九十九代繼承人。以魔神大人之名立誓，從今以後，一定竭盡全力服侍陛下，片刻不離身側。」

「……」這傢伙的名字也長到太離譜了吧？莫忘默默吐血，只能說：「以、以後我叫你格瑞斯可以嗎？」

要是讓她每次叫格瑞斯都需要複述那一大段話，根本沒辦法溝通了好嗎？而且如果碰上了什麼急事喊他，等說完名字恐怕一切都晚了。

格瑞斯很果斷的回答說：「當然沒有任何問題。」

「那就好。」這算是今晚莫忘聽到的消息中，最好的一個了吧？

格瑞斯又問：「話說起來，陛下。」

「嗯？什麼？」

「您看我現在的模樣是不是不夠優雅？」格瑞斯站起身，扯了扯襯衫，又提了提褲子，有些鬆垮垮的。

「嗯，是有點大了。因為不知道會召喚出誰，所以家裡沒有準備適合的衣服，只能麻煩你先將就一下了，沒關係吧？」不過，這傢伙讓人一看就知道是個大少爺，所以穿這樣真的沒問題嗎？

「當然。」格瑞斯將手按在心口處，微笑的回答：「只要是陛下您給予的，無論是什麼我都欣於承受。」

「那太好了。不過，艾斯特的衣服你穿著的確是不合適，我現在帶你出去買幾件吧。」莫忘鬆了口氣，雖然身高差不多，但格瑞斯明顯比艾斯特要瘦削一些。

「……艾斯特？」格瑞斯原本優雅笑著的臉上，突然浮現出電閃雷鳴般的神色。

「……」

——怎、怎麼了？格瑞斯又突然變臉了，好可怕！

「陛下，您的意思不會是……」格瑞斯單手扶額，似乎受到了什麼不得了的打擊，「我正穿著那傢伙的衣服？」

「……是這樣沒錯，不過你不是說沒問題嗎？」

格瑞斯點了點頭，「我是說過沒問題……」

「那麼……」

「才怪！！！」如此大喊一聲後，他突然伸出手快速的扒掉自己的衣服。

「住手啊！」莫忘一把捂住眼睛，內心想著這傢伙是暴露狂嗎？

「陛下，出了什麼事？」剛才不知道去了哪裡的艾斯特及時趕了過來，看了下眼前的狀況，立刻喝道：「住手，格瑞斯，不要做出這種骯髒的行為來玷汙陛下的眼睛！」

「閉嘴！艾斯特，這絕對是你出的主意吧？」格瑞斯一把扯下身上的襯衫丟到一旁的地上，怒道：「你這個卑鄙的傢伙，居然用這種方式來侮辱我。這份恥辱，必須要用你的鮮血來洗刷！」

「我的鮮血？」

「沒錯！艾斯特．克羅斯戴爾，來一決勝負吧！」格瑞斯說話間，掌心不知何時彙聚起了紫色的光芒。

「格瑞斯，忘記你曾經立下的誓言了嗎？」相對於對方的「熱血」，艾斯特的話語如同一盆冰水，嘩的一下就澆到了格瑞斯的頭上，「除非陛下允許，否則守護者之間不允許發生私鬥，你太無禮了。」

「……」

「而且，那身衣服雖然的確為我所有，卻從沒有被穿過。」

「……」

「對於陛下親手所買所賜的珍貴物品，你就是那樣對待的嗎？格瑞斯，你真的有資格成為守護者嗎？現在我非常懷疑這一點。」

艾斯特彎下腰，撿起襯衫和散落在地的鈕釦，將其仔細疊好後，單膝跪在了女孩面前說道：「陛下，請允許我親身教導這個無禮之人。」

圍觀兩人交鋒到目瞪口呆地步的莫忘愣了愣，隨即打起了圓場：「這也不是什麼大事，還是算了吧？」她完全不想看打架好嗎？

艾斯特搖了搖頭，肯定的說道：「不，陛下，這關係到格瑞斯的存在意義，是非常嚴重的問題。」

「打就打，誰怕誰啊？！」格瑞斯冷笑出聲，「事先說好，誰輸了就意味著失去守護者的資格，從此必須遠離陛下身邊！」

「我拒絕。」

格瑞斯臉上露出得意的笑容，「怎麼，害怕了？」

「不。」艾斯特搖頭，冷靜的說道：「只要能守護在魔王陛下的身邊，我就不會懼怕任何事物。只是，是否擁有資格是陛下才能做出的判斷，我沒有資格代替魔王陛下做決定。」

「……少囉嗦！」

於是，這兩個男人就一前一後的走到儲藏室裡打架去了。

莫忘欲哭無淚的注視著兩人的背影，希望他們別鬧得太厲害，雖然她手頭比較寬裕，但也沒有錢到隨時可以請人修房子的地步。

「……算了，我還是出去買衣服吧。」希望回來的時候這間房子還存在。

話說這算什麼？一套衣服引發的慘案？

不過……買衣服似乎要帶不少錢啊，萬一錢掉了怎麼辦？按照她的運氣，發生這種事情簡直太正常了，可是又不好去找石詠哲幫忙，一個「表哥」他就夠懷疑的了，再來一個肯定會追究到底。說到底就是表妹幫表哥買全套衣物這件事，本身就很詭異吧？

咦？那是什麼？

女孩這才注意到，門邊居然放著一個袋子，她好奇的走過去一打開，發現裡面正是好幾套新買的衣物，連睡衣都有。所以說，艾斯特剛才離開是去買這個嗎？

那傢伙還真是……

相比而言，格瑞斯就……

莫忘搖了搖頭，看時間還早，就拿出衣服剪去吊牌，拿去浴室手洗了後放進洗衣機裡脫乾水。其中睡衣選擇了烘乾，而其他衣服則晾曬到了陽臺上。

說來也巧，當她拿起已然烘乾並散發著淡淡肥皂香氣的睡衣時，儲藏室的門也剛好打開了。莫忘下意識扭過頭，只見一個挺拔的身形從其中緩步走出。

……等等，一個？

莫忘遲疑的抱著睡衣走了過去，輕聲問道：「那傢伙呢？」

艾斯特無聲的指了指儲藏室，隨即同樣輕聲的回答：「陛下，格瑞斯在等待著您的判斷。」

她驚訝的看著他，「什麼？」

艾斯特認真的看著她，說道：「請無須顧慮太多，直接對他說出您的答案即可。」

「……我知道了。」

莫忘緊了緊懷中的衣服，猶豫了片刻後，小心翼翼的走進了儲藏室之中，裡面如她所想的一般髒亂，好在家具本身似乎並沒有遭受什麼損傷。而格瑞斯正跪在儲藏室的正中央，他的雙手撐在身前，頭顱低垂間，漂亮的淡紫色長髮盡數散落。不知是不是錯覺，莫忘覺得那些髮絲似乎都感應到了主人的心情，光澤有些暗淡。

怎麼說呢？

看起來就像是丟了骨頭的狗似的，有點可憐呢。

「格瑞斯？」她彎下身小聲叫道。

「……」沒有回應。

「格瑞斯．布倫德爾？」

「……」依舊沒有回應。

「格瑞斯．科爾塔法．加弗……」唔，接下來是什麼來著？不行，她完全記不清他的全名啊！

格瑞斯沒有抬起頭，手一邊漫無目的的畫著圈圈，一邊回答道：「不是科爾塔法，是科爾塔斯；不是加弗，是加利弗；而且，兩者之間還有伊所爾達。」

「對、對不起。」莫忘小聲的道著歉，「不、不過你還真是厲害，這麼長的名字都能記得這麼清楚。」

「因為那些都是我先祖的名字。」

「啊？」

格瑞斯解釋說：「這是我們布倫德爾家族的傳統，每一任新繼承人都必須繼承以往全部家主的名字。」

「你的意思是……」莫忘似乎明白了什麼，「格瑞斯才是你真正的名字，布倫德爾是你的姓，而中間那一大串……都是你祖先的名字？」

「嗯。」

「原來如此。」不過這傢伙讀書的時候交作業怎麼辦？考試怎麼辦？起碼要花幾十分鐘來寫名字吧？將心比心讓莫忘突然覺得好憂傷，因此她連忙轉換話題，輕咳了一聲，把手中的睡衣朝青年的方向遞了遞，「如果不介意的話……」

「……這個是？」畫圈圈的手停住。

「是……」莫忘本來想說是艾斯特買回的衣服，但一想到眼前這人兩次炸毛都是因為艾斯特，所以明智的沒有繼續這個話題，「是睡衣，已經洗乾淨並且烘乾過了。對了，是剛買回來的，很乾淨，也很合身……大概。」

格瑞斯呆住，「……是給我的？」

「嗯。」莫忘點頭。

格瑞斯潸然淚下，「陛下……」

莫忘被他一秒變臉的能力嚇到了，「什、什麼？」

格瑞斯突然撲了過來，抱大腿！

「陛下，您的寬容堪比日月！！！」

「……」莫忘無語凝噎的低頭注視著某個滿臉淚痕的青年，他到底在感動個什麼？

「我、我格瑞斯該怎樣才能報答您的這份恩情……不僅沒有取消我守護者的資格，還給我……」

莫忘扶額，「……不、不用了。」鬆開手就可以了！

「不！請務必讓我報答您！否則我……」

「……我知道了，那就把這個房間給我打掃乾淨吧！」莫忘無語了。總而言之，只要能讓格瑞斯鬆手什麼都好。

「我明白了！」

莫忘鬆了口氣，這回總可以鬆手了吧？

而後只見這傢伙居然扯起她的褲子擦起了眼淚鼻涕，哽咽的說道：「陛下您……我真是萬分感激……」

「……」真是夠了。莫忘無語望天，她現在總算明白，剛剛的優雅什麼的都是錯覺，這傢伙完全只是個沒有長大、被寵壞了的大少爺而已吧？

這時，儲藏室原本打開的門不知何時被關起。

而一直靜站在外面的青年，此刻正踏著輕巧的腳步離開，行走了幾步後，他驀然頓住身形，無聲的回頭，也不知看到了什麼、想到了什麼，嘴角就那麼自然而然的勾起了一個很小很小的弧度。

如果莫忘這時候能看到對方，就會驚訝的發現——浮現在艾斯特臉上的，正是一個罕見的溫柔笑容。

在格瑞斯收拾房間的時候，莫忘趕緊把滿是眼淚鼻涕的衣服換了下來，順帶痛痛快快的洗了個澡。

雖然氣溫並不算低，但為了不感冒，莫忘還是決定使用吹風機。等她吹乾頭髮走到浴室時，驚訝的看到艾斯特居然在裡面洗衣服。

艾斯特即使是洗衣服，依舊板著一張一本正經的臉，看起來如同正做著拆彈之類的嚴肅事物一般，不過莫忘顯然已經習慣了這麼一幕，並不覺得有哪裡奇怪。她只是暗自感慨，雖然艾斯特最初來的時候完全不會做這個，但不知道從什麼時候起，他已經包辦了兩人的洗衣工作。

當然，某些衣物在莫忘的堅決抗議下，還是由她自己來洗。

而且她還聽說艾斯特這傢伙最近在向張姨學習做飯，某種意義上說真是個了不起的人啊！然而……

莫忘奇怪的問：「你怎麼這個時候洗？」

艾斯特相當誠實的回答：「沾染了那種東西的衣物還是及時洗乾淨比較好。」

「……」莫忘默默的回想起之前青年抱著自己大腿嚎啕大哭的事情，出了一頭汗，只能跟著附和：「也、也是啊。」

等等，艾斯特他為什麼會知道剛剛的事情？看來他八成又躲在哪個角落裡偷看吧。她都習慣了。

雖然她覺得習慣這種事似乎有哪裡不太對。

「我也一起吧。」莫忘默默從浴室角落的小筐子裡拿出內衣和襪子，將它們裝在了小盆中，在與艾斯特以背靠背的姿勢坐下後，也開始洗了起來。

艾斯特試圖幫忙：「陛下，還是我來……」

「絕、對、不、行！」

「……是。」他低下頭。

「……」真是的，別因為這種事情失落啊！就算她背對著他，她也完全感受到了那失落的氣場好嗎？

「話說起來，艾斯特。」

「陛下？」

「你和格瑞斯的關係為什麼會這麼差呢？」問出這句話後，莫忘才意識到自己似乎說了什麼不妥的話，連忙抱歉的說：「啊，對不起，這不是什麼非對我說不可的事情。」

「無須介懷，陛下，這件事即使在魔界也並不是什麼秘密。」艾斯特一邊力度適中的揉搓著手中的衣服，一邊清晰的敘述了起來，「我和他是同學。」

莫忘驚訝的問：「哎？魔族也要讀書嗎？」

「當然。」

雖然看不到，但莫忘依稀感覺到艾斯特似乎點了點頭，而後說道：「和陛下您所處的這個世界一樣，大部分從六歲到十八歲都會在學校中接受教育。」

「這樣啊。」聽起來很先進呢。

「陛下以為是怎樣的？」

「我？」莫忘思考了下，有些不好意思的回答：「比如出去打獵啊，然後回來一起分獵物啊，再然後大家一起圍著篝火烤肉跳草裙舞之類的……吧。」她心想這種理解是不是有哪裡不太對？

「原來如此。」艾斯特似乎沒覺察到什麼不對勁，只是非常真誠的建議道：「聽起來非常不錯，陛下直接頒布命令如何？取消學校制度，改為大家一起打獵、分獵物、烤肉和跳舞。」

「……喂喂，我會被罵死的吧！」

「請無須擔心，屬下不會讓任何人質疑陛下的決定。」

「……」所以說他想做什麼？莫忘簡直要吐血了，她不想成為人民……不，魔民罪人好嗎？而且……

「我只是開玩笑而已，別當真啊！……差點偏題了，你和他做了幾年的同學？」

「一直是。」

「啊？從六歲到十八歲嗎？」

艾斯特肯定的說：「是的。」

「……還真有緣分啊。」莫忘更加奇怪了，「既然如此，你們的關係應該很好才對，為什麼會變成這樣？」不，比起雙方都……她倒覺得像是格瑞斯單方面的在鬧彆扭。

「因為這傢伙太卑鄙了！！！」

沒錯，手下二號插入了兩人的談話。

「卑鄙？」莫忘愣住，怎麼說呢？總覺得艾斯特不是會做這種事的人啊！

「沒錯！」才收拾好房間的紫髮青年看起來有些狼狽，不僅赤裸的上身和褲子都沾染了塵土，連那張英俊的臉孔也沒能倖免——而且還很巧合的是左三撇右三撇，再配上他現在的大吼，簡直像憤怒的布老虎似的。不過他自己似乎完全沒注意到這一點，只是自顧自的瞪著艾斯特，「從小到大，你什麼都喜歡和我搶！」

艾斯特抬頭看了他一眼，又繼續低頭搓起衣服，「你想太多了。」

格瑞斯控訴道：「才沒有！不管考什麼都是你永遠比我多一分！哪怕我是滿分也是一樣！！！」

「分數不是我自己打的。」

「那是因為你這個卑鄙的傢伙答題的時候玩弄花招，從導師手裡騙取了分數！」

艾斯特：「……」

格瑞斯洋洋得意：「怎麼樣？無話可說了吧！」

「等等……」莫忘覺得自己似乎明白了什麼，回過身先手指著艾斯特，然後再指向格瑞斯，「所以你們之間的關係是……第一名和……萬年老二？」

「陛下……」

「……不要這麼叫我！」聽完莫忘的話，格瑞斯淚奔而去。

驚呆了的莫忘問：「……我是不是說錯話了？是不是去道歉比較好呢？」

艾斯特輕聲說道：「沒關係的，格瑞斯並不是那麼小氣的人。他不會在意。」

「真的嗎？」

「嗯。」艾斯特點了點頭，「學校中也經常有人會這麼稱呼他。」

「是、是嗎？」莫忘覺得好像稍微安心一點了，「那他是怎麼做的？」

「置之不理。」

「……」太好了，不過沒想到格瑞斯那傢伙也能這麼成熟呢！

「然後邀請對方上挑戰臺，打個半死出氣。」

「……喂！」別鬧！這樣也叫不小氣嗎？這樣也叫不在意嗎？

就在莫忘糾結個半死的時刻，艾斯特再次開口說道：「不過如果是陛下的話，一定沒關係的。」

「啊？」

艾斯特解釋說：「因為格瑞斯從小時候起的心願就是成為魔王陛下的守護者，最愛讀的書也是《歷代魔王傳記》。而他之所以討厭我，最重要的原因是——我擊敗了他，奪得了第一守護者的榮譽。」

「……我覺得你似乎並不想被他討厭，那為什麼還要這麼做呢？」莫忘覺得既然格瑞斯那麼想要，讓給他不就成了？雖然她和艾斯特相處的時間不多，但不知為何她就是覺得艾斯特並不是在意虛名的人。

「因為我們是一樣的。」

「什麼？」

女孩下意識側首，而青年也在這時轉過頭來。

兩人的目光在這個瞬間對上。

隨後，莫忘聽到對方如此說道——

「我也和他一樣，發自靈魂的深深仰慕著陛下您。」

「……」

正常情況下，聽到這種話應該害羞或者感動吧？然而，莫忘脫口而出的卻是：「不。」

「？」

「我覺得……你們仰慕的不是我，而是『魔王』。」

想成為魔王陛下的守護者是這樣，愛讀《歷代魔王傳記》是這樣，爭奪守護者的位次也是同樣如此。即使已經和艾斯特相處了一小段時間，但現在有時被稱為「陛下」莫忘都還會覺得不可思議，心裡想著「我真的是魔王沒有錯嗎？」，可惜真實的答案她也不知道。

但至少有一點她很確定，那就是——不管是艾斯特還是格瑞斯，他們的恭敬與順從並非是因為她自身，而是因為她頭上戴著的、那頂隨時可能掉下去的帽子。

「陛下……」

「抱歉。」莫忘擺了擺手，「我只是說說而已，並沒有任何責怪你的意思。」所以不用露出那種愧疚傷心又不知所措的眼神啊，弄得她都有點心虛了。雖然她並不認為自己說的話有錯。

「我……」

「好了，這個話題就到此為止！」莫忘擠乾手中的衣物，端著盆站起身，「你也好，格瑞斯也好，都沒有一點過錯……不，應該說正好相反，我非常感謝你們的出現。」

如果不是成為魔王，她的身體也不會變得像現在這樣健康。她甚至可以毫不客氣的這麼說——他們的存在拯救了她的生命。

所以，她是真的非常非常感激他們。

「……陛下……」

這一夜的談話就此畫上了句點。

★◎★◎★◎★◎

第二天太陽照常升起，莫忘也照常穿著睡衣走進了竹馬家中蹭飯，而後兩人又照常肩並肩一起走出了家門。

「啊哈～」石詠哲一路上都像這樣打著哈欠，連坐上公車都是如此。

莫忘終於忍不住問道：「昨晚偷牛去了？睏成這個樣子。」

「妳以為我是妳嗎？」石詠哲沒好氣的回了一句後，才說明原因：「只是，似乎做了個很奇怪的夢。」

「夢？怎麼樣的？」莫忘好奇了。

「不記得了。」石詠哲搖頭，但記得夢中好像是有什麼動物在和他說話。

「……喂！」

「我抓緊時間睡會兒，到了叫我。」石詠哲說完，一歪頭，居然就在座位上睡著了。

「……」這傢伙是豬嗎？像這樣都能睡？

莫忘鼓了鼓臉，決定使點小壞……只是戳臉的程度應該不會被扣魔力值吧？

可是就在此時，司機因為街道上的意外事故而緊急剎車，車上所有人都因為慣性猛的一顫，隨即女孩只覺得肩頭一沉。

莫忘：「……」真是不作死就不會死！如果不是為了戳某人的臉而側身，肩頭也不會剛好接住少年滑下來的腦袋。

好重……

這傢伙的腦袋絕對占了身體的一半重量！

莫忘伸出手想要把某人的頭推開，目光卻無意間瞥見對方那發青的眼袋，她的手頓了頓，最後還是縮了回去——算了，就當大清早做好事吧。

絲毫不知道美夢差點被打斷的石詠哲繼續熟睡著，只是隱約覺察到枕頭似乎變軟了，他覺得挺舒服的，似乎還有點香香的。於是，暫時失去了思考能力的他就那麼心滿意足的來回蹭了蹭。

「……」莫忘卻被這舉動弄得滿心無語。這傢伙是狗嗎？不過，頭髮倒是真像狗毛一樣軟，蹭在脖子上軟乎乎的，有點癢卻一點都不扎人。

十來分鐘後，少年終於在一聲聲呼喚聲中被迫告別美夢。

「石詠哲！」

「快醒醒！」

「起來了！快到站了！」

「吵死了……」他有些不滿的睜開眼睛，隨即只覺得視角似乎有點奇怪。他下意識的歪頭看了看，而後驚訝的發現莫忘的臉孔與自己居然只有一線之隔。

到底是為什麼，兩個人的姿勢變成這樣？

以現在的姿勢，石詠哲可以清楚的看到她細瓷般潔白的肌膚，嗅到她髮絲散發出的淡淡香味，甚至……莫忘扭頭間，彷彿只要一個不小心，顏色粉嫩的唇瓣就會擦過他的肌膚。

臉側彷彿被女孩肩頭的溫度灼傷了，再然後這高溫不斷蔓延……沒錯，石詠哲這傢伙的大腦就這麼被燒斷線了。

莫忘倒是完全沒意識到少年此刻面臨的危機，只是伸出右手把他的腦袋推開，「別發呆了，下車啊！」

「哦……」石詠哲下意識點頭。

「……站起來啊！不要光是點頭啊！」莫忘扶額，這傢伙是睡傻了嗎？

「嗯……」石詠哲站了起來。

莫忘推了下他，「走啊！」

「啊……」石詠哲乖乖的跟莫忘走。

莫忘連忙一把拉住他，「……笨蛋你走錯方向了！」司機大叔不是按響播音了嗎？

「……」石詠哲轉過頭，繼續走。

還沒走幾步，只聽見——

「砰！」

沒錯，這傢伙的腦袋撞桿子上了。

「……」真遜，這傢伙是睡暈了嗎？

她在一車人的笑聲中，覺得很是丟臉的一把抓住某人的手臂，將他直接拖下了車。

被路上的晨風一吹，石詠哲的腦袋終於降溫成功，而那些出籠的智慧似乎也終於歸來。

但他卻完全沒覺得好受多少，自己居然在她面前做出這樣可笑的事情，真是……

「咦？你害羞了？臉很紅哎～」莫忘笑得非常之幸災樂禍，並且伸出手戳他的臉。

「胡說！誰、誰害羞了！」石詠哲猛的扭過頭躲開女孩的手，右手一個勁的扯著領口的衣服，但說話間眼神卻是左右飄移，「只、只是車上溫度太高了而已！」

莫忘覺得他這謊話說得也太遜了，故意問道：「……哪裡高了？」

他卻咬緊牙關不鬆口：「哪裡都高！」

「真的沒有害羞嗎？」誰信啊！

「囉嗦！」

「不承認就算了，走啦。」覺得有點無聊的莫忘邊說邊率先朝學校的方向走去，可惜背後偷傳別人事情是會扣魔力值的，否則真想分享一次「石詠哲丟人事件」什麼的！

「……」少年注視著女孩的背影，暗自鬆了口氣，同時又有些失落。

——明明處於同樣的狀況之下，會這麼緊張的人卻只有他一個。

——不，也許她壓根沒弄明白他為什麼會這樣。

不得不說，暗戀一個壓根沒開竅的蠢妹子，真是一件憂鬱又痛苦的事情。

就像是長在嘴中的一顆蛀牙，平日裡悄然潛伏，有時甚至會讓人忘記了它的存在，卻又在不經意間突然跳出來，拚命的以折騰的方式刷存在感，讓人瘦疼得厲害卻又完全找不到根治的辦法——畢竟不是每個人都能痛下決心去拔牙的。

接下來的一段路上，少年和少女都罕見的沉默了。

石詠哲的原因不用多說，莫忘則是認為身旁的傢伙還在為「在車上丟人」的事情耿耿於懷，再加上她早上心情好，也就沒有補刀的打算了。

快到校門時，兩人分別遇到了自己的朋友，於是照常分流。

一切的一切看起來，這都是一個非常普通的早晨。

然而，意外卻終究發生了。

最初是張社的一聲驚呼：「阿哲，你怎麼了？」

緊接著女生這邊也注意到了。

蘇圖圖最先轉過了頭，「小忘，石詠哲那傢伙看起來有點奇怪啊。」

林樓也點點頭，「好像是。」

「啊？」莫忘下意識轉頭，卻正對上少年的目光。

沒錯，石詠哲正一眨不眨的看著她，見她回看，他緩緩勾起了嘴角，露出了一個很是帥氣、但在熟悉他的人看來又超級詭異的笑容。

「哇！那笑是怎麼回事？」蘇圖圖摸手臂，「我都起雞皮疙瘩了！」

林樓淡定的說道：「那就是傳說中的魅惑狂狷嗎？」

「……神總結！」接著蘇圖圖轉頭看莫忘，「妳家石詠哲什麼時候變成總裁了？」

「……」不是總裁是勇者啊！

莫忘簡直想哭了，這傢伙為什麼偏偏在這個時候犯病！算她拜託了，再忍耐一下，等到教室裡再來行嗎？校門口好多人啊喂！她完全不想在大庭廣眾之下和那傢伙玩「空手接白刃」好嗎？太丟人了！

但是，勇者大人怎麼會體諒魔王陛下的苦呢？

只見他一把推開身旁的眾人，異常酷跩的手指向女孩說：「魔王喲，我這次一定要把妳……」

「閉嘴！」莫忘下意識大喝出聲。

「哈哈哈哈，妳以為這樣就能嚇到我嗎？真是太天真了！」

「……」不妙了！

在這樣的危機下，莫忘的腦袋終於也徹底短路了，現在的她只想著在少年說出更多坑爹話、做出更多坑爹事之前徹底解決一切——如此想著的莫忘就這樣快速的朝少年跑去。

「來得正好！」石詠哲做出了一個防禦的動作，接著他的嘴巴被女孩一把捂住了，「看我……唔！唔唔唔唔唔唔唔唔……」

然後？

沒有然後了。

因為勇者大人就這樣被魔王陛下捂著嘴扛在肩上帶跑了。

不得不說，莫忘和她的竹馬小夥伴真是為寂寞的校園生活平添了不少樂趣。

看，所有人都驚呆了。

好半天，蘇圖圖才揉了揉眼睛，「我……我沒看錯吧？」

「沒有。」

「啊哈哈哈，小樓，我肯定看錯了。」短髮女孩淚流滿面，「我怎麼可能看到小忘把石詠哲扛走，那也太不科學了！」她的朋友絕不可能是巨力女啊！

長髮披肩的眼鏡女生非常淡定的補刀：「妳沒看錯。」

蘇圖圖依舊淚流滿面，「求求妳告訴我我看錯了！」

「我看錯了。」

「……」

「開玩笑的。」林樓吐舌頭。

蘇圖圖吐血，「……喂！別在這種時候秀幽默感好嗎？不僅不好笑而且冷死了！」

與此同時，男生那邊也開始議論起這件事——

「那真的是莫忘嗎？」
「難道是被穿越了？」
「那種不科學的事情怎麼可能發生！」
「也是啊，哈哈哈！」
「看來以後不能輕易得罪莫忘了。」
「＋1。」
「＋2。」
「＋10086。」
「……你一口氣加這麼高讓我怎麼辦！」
「喂喂，你們是不是離題了？現在應該關注的難道不是被扛走的哲哥究竟會遭遇怎樣的慘劇嗎？」
「誰在乎！」大家一起回他。
「……說好的友情呢？」
「從來沒說過好嗎？」眾人再次回他。
「說的也是啊！」
於是，這群人開始興沖沖的討論待會該如何替那兩人做宣傳。至於石詠哲？他都和巨力妹一起待了那麼多年還堅挺的活著，肯定沒問題啦……大概！

而看到這一幕的不僅僅是站在校門口的同班同學，還有——

「子瑜，在看什麼？」

「不。」靜站在窗邊的少年回轉過身，正是穆子瑜，他微笑著回答：「沒看什麼。」

「嗯？很可疑的樣子。」之前說話的人似乎與穆子瑜很熟悉，走過來一手搭上他的肩頭，同樣也朝窗外看去，當然什麼也沒看到，「別這麼小氣，有什麼樂子說出來也讓我樂一樂唄。」

穆子瑜淺淺一笑：「呵呵。」

「……小氣的傢伙。」

穆子瑜直接無視了對方的抱怨，轉而問道：「調查結果如何？」

「那個姓石的小學弟嗎？」提起這個，來人重新鼓舞起精神，笑得別有一番意味，「結果非常有趣哦～」

「哦？」

來人壞笑：「想知道嗎？想的話就求我啊～」

「不用了。」

「……」

穆子瑜淡定的說道：「你的表情已經告訴我大致的結果了。」

「你這傢伙……」來人嘆了口氣，「總是這樣討人厭，怪不得除了我之外，都沒人願意和你做朋友。」

說完，來人直接從懷中掏出一個隨身碟，丟到穆子瑜的手中。

穆子瑜接過隨身碟，點了點頭，示意自己明白。

來人更加鬱悶了，「連個謝謝都不給我嗎？」

穆子瑜歪了歪頭，笑得無辜極了，「對自己的朋友需要說謝謝嗎？」

「……我決定了！我們的友情已經走到了盡頭！！！」

「那麼，請隨意。」穆子瑜斂起笑容，轉身離開。

「……喂！你至少挽留一下我啊！喂——」

★◎★◎★◎★◎

校園中似乎到處都是友情走到盡頭的例證，而小樹林中也同樣如此。

莫忘氣都不喘的將少年一路扛到這裡，直接將他丟到了一旁的地上，「我說你……」

「混蛋魔王妳想做什麼？居然把我帶來這種偏僻的地方……」坐在地上的「勇者大人」雙手交叉護住胸口，警惕的看著女孩，「我警告妳，就算能得到我的身體，也絕對得不到我的心！」

「……」莫忘差點吐出一口血來。這傢伙在搞什麼啊！她要他的身體做什麼？燉來吃嗎？呸，她才不吃人肉呢！

「陛下？」

莫忘下意識扭頭，「艾斯特？」

艾斯特怎麼會在這個時間出現在這裡？而且還是一副單膝跪地的模樣。

正準備開口詢問的莫忘，目光落到艾斯特手中的物品上，那是……小魚乾？艾斯特拿著這東西做什麼？難道是躲在這裡偷吃？這一點都不符合他的形象好嘛！

「陛下，您現在不是應該在教室裡嗎？」

莫忘張了張口，不知道該怎麼回答才好，她又不像石詠哲那樣會間歇性失憶，所以清晰的記得自己剛才究竟做了什麼丟人的事情。那件事莫忘不想提起，所以她反問道：「艾斯特你才是，怎麼會在這裡？」

「我……」

艾斯特的話尚未說完，兩人同時聽見了這樣一聲——

「喵～～」

原來有一隻白色的絨球正蹲在艾斯特的腿邊，來回蹭了兩下。

——這個是？那天遇到的那隻貓？

而後莫忘只看見艾斯特很自然的從手中的包裝袋裡拿出一條小魚乾，朝腳邊的小白球抖了抖。

「喵～～」小白貓又歡快的叫了一聲，先是伸出軟乎乎的小舌頭舔了舔艾斯特的手指，才香甜的才吃了起來。

「……你這段時間以來一直在餵牠？」看起來關係很好的樣子。

「是的，陛下。」艾斯特點了點頭，抖了抖手中的小魚乾，「牠似乎很喜歡吃這個。」

「因為是貓嘛。」

「陛下英明。」

「……不，我覺得這和英明沒什麼關係。」咦？莫忘歪了歪頭，她是不是不小心忘記了什麼？

「哼哼哼……」

「……」好吧，她知道自己忽視什麼了。

莫忘無奈的扭過頭，只見抽風勇者不知何時已然站起，正單手捂著臉大笑：「魔王喲，妳的大意必然會讓妳遭受滅頂之災！」

說到這裡，他再次單手指向女孩，「前幾次是我太大意了，只是今天，呵呵呵呵，哈哈哈哈，哼哼哼……咳咳咳咳咳咳！」

「……」莫忘心想這勇者居然能笑到嗆住，在某種意義上也真是厲害了。

「廢……咳……廢話……咳咳……不多說！」勇者終於順平了氣，然後他指向莫忘的手不知何時縮了回去，與另一隻手一起交疊在胸前，緊接著，他的口中唸出了莫忘聽不明白的神秘咒文。

「他是要做什麼？」

「陛下，小心！」艾斯特站起身，將莫忘牢牢實實的護在身後，「他是在召喚聖獸。」

「……哈？」

一切都彷彿在驗證艾斯特的說法。

隨著勇者的動作，他的雙腳之下驀然出現了一個由紅光勾勒而成的魔法陣，在魔法陣成型的瞬間，勇者停下了咒文，如此高喊出聲——

「以勇者之名，我最忠實的夥伴，接受我的懇求現身於此世吧！」

紅光在這瞬間大盛到了刺目的地步。

即使被艾斯特擋在身後，莫忘也依舊下意識的閉起了眼眸，好在不過是片刻，光芒便消散了。

與此同時，一顆緋紅色的、約有拇指大小的光球自魔法陣中飛馳而出。

「哇哈哈哈終於來了嗎？我的夥伴！」勇者得意的仰天大笑，「魔王，妳這萬惡之源，這次我一定要將妳斬於劍下！看我的……」

艾斯特面色警惕的說道：「果然是聖獸之魂！陛下，請後退，就由我來……」

「艾斯特？」

在此千鈞一髮之際——

「喵～～～」

一個白色的身影驟然跳出。

「啊嗚！」

「…………」

艾斯特：「聖獸之魂居然被……」

莫忘：「一隻貓吃掉了……」

勇者：「……我的夥伴！夥伴你怎麼了？！夥伴啊啊啊啊！你死得好慘！！！」

於是，今天的勇者大人，依舊悲傷逆流成河。

「夥伴……我的夥伴……」勇者跪在地上痛哭流涕，而他的聲音真是聞者傷心、見者流淚，「我的夥伴啊啊啊……」

莫忘：「……」這種突如其來的心虛感是怎麼回事？是她的錯嗎？這一切都是她的錯嗎？她不得不求救的看向身旁的青年，小聲問道：「艾斯特，怎、怎麼辦才好？」

勇者哭聲變小。

結果艾斯特居然搖了搖頭，同樣小聲的回答：「這種情況，我也是第一次看到。」

「……」

「我的夥伴啊啊啊啊啊！！！」哭聲再次變大。

「……我知道了！知道了！」莫忘一把從艾斯特手中拿過小魚乾，蹲下身在貓的面前晃了晃，「那個不好吃，來來來，吐出來，我給你這個哦！」

話說這樣做真的有用嗎？牠真的聽得明白嗎？

蹲坐在地上舔爪子的白貓鄙視的看了她一眼，開口說：「妳當我傻嗎？」

「……」牠還真聽得懂呢！

……等等！等等等等！剛才是不是發生了什麼超級不對勁的事情？這不符合科學的現實讓莫忘震驚到結巴了：「貓貓貓貓居然在說話？？？」

被嚇到的明顯不只莫忘一人，下一秒，勇者居然撲上前一把抱住莫忘的大腿，「為什麼貓會說話啊？好可怕！怪物！」

「小子，你是想死嗎？」白貓很是不爽的朝勇者亮出了閃著寒光的爪子。

「救命！」勇者一邊喊著、一邊將莫忘推到自己身前，「妳不是魔王嗎？快消滅牠啊！快發大招！」

「……」莫忘白了他一眼。這傢伙真是糟透了！話說他真的是勇者嗎？居然有這種被貓嚇到、還躲在魔王身後的勇者。

「看來是因為吞下了聖獸之魂的原因。」艾斯特終於得出了結論。

「所以？」

「所以原本普通的貓進化成了會開口說話的魔法生物。」

莫忘無語：「……」這種事情怎麼說也太……難以接受了吧？達爾文爺爺哭泣了好嗎？

「什麼嘛，原來是魔法生物啊，怪不得會說話。」勇者站起身，咻的一下遠離了莫忘，雙手環胸冷哼出聲，「魔王，這又是妳的詭計嗎？可惜還是沒能打敗我，哈哈哈哈哈！」

「……」她什麼都沒做好嗎！而且為什麼一聽說是「魔法生物」就完全不害怕了啊？為什麼那麼輕易的就接受了那種設定啊？這件事一點都不科學好嗎！不對……似乎現在發生的事情和科學一點邊都搭不上。

「不過，既然是魔法生物，那麼……契約應該也轉移了吧。」勇者一邊說著，一邊舉起右手，隨著他再次唸出咒文，那手背上漸漸浮現出了一個紅色的魔法陣，與剛才地上的那個魔法陣十分相像。

「我最忠實的夥伴，回應我的呼喚吧！」

勇者話語響起的剎那，白貓也同樣發出了尖銳的叫喊聲——

「喵！！！」

緊接著，如同奇蹟般——莫忘驚訝的看到，渾身潔白毫無雜色的貓咪額頭上，居然出現了一點緋紅色的光，那光點漸漸增大，直到有拇指大小才漸漸暗淡了下去，最終凝固成一顆紅色的寶石，鑲嵌在白貓的額上，就像是滴落在蒼茫雪地上的一點鮮血，鮮豔欲滴。

「這個是……」

勇者伸出一隻手，中二無比的喊道：「我的夥伴喲，來吧，和我一起戰鬥！」

艾斯特再次一馬當先的攔在了莫忘的面前，「陛下，請退後。」

雖然中間波折重重，但一切似乎又回到了之前的情形。

「喵！」白貓用力的蹬了一下後腿，猛的躍起，直接朝……勇者撲了過去，「看我的抓抓魔法！」

「小……咦？」可憐莫忘的「小心」才喊了一半，剩下的直接被驚嘆取代了——什、什麼情況？

「夥伴！啊！痛！夥伴你為什麼要……嗷！」可憐的勇者大人被自己的小夥伴撓得上竄

下跳。

「閉嘴。」在抓夠了後，白貓在勇者身上輕巧借力，空中旋轉七百二十度後平穩落地，眼神很是睥睨的看向勇者，「你讓我揍誰我就揍誰，我多沒面子。」

臉上滿是爪痕的勇者目瞪口呆，「……夥伴，這和說好的不一樣啊！」

「而且～」白貓蹭到艾斯特腳邊，乖巧無比的蹭了蹭，仰頭星星眼，「其實我比較想和他訂立契約。」

莫忘：「……」這就是傳說中的叛變嗎？

「……魔王，又是妳！」勇者直接泣血了，他雙目噴火的看向莫忘，「先是奪走了我的夥伴，接著又指使手下色誘了我的新夥伴，這次我絕對不會原諒妳的！」

莫忘簡直無力吐槽了，「……你曾經原諒過我嗎？」

「……囉、囉嗦！」勇者惱羞成怒，直接抽下腰間的皮帶朝莫忘衝去，「看我的超級無敵霹靂劍！」

「啪！」毫無疑問，莫忘又一次的空手接了白刃。

「不！！！！！！！為什麼？？？？？？？」勇者悲哀無比的仰天長嘯。

「你夠了！」在勇者把狼招來之前，莫忘動作熟練的直接將他劈暈了過去。一手將石詠哲軟倒的軀體抱在懷中，她長舒了口氣，覺得有點累又有點輕鬆，「終於結束了。」

「陛下。」

「什麼？」

「如果我沒聽錯的話……」艾斯特微微躬身，說道：「剛才響起了第二遍的上課鈴。」

普通人在地處偏遠的小樹林中並不能聽見教學樓的鈴聲，但這對於艾斯特來說並不是什麼難事。

「哎哎哎？快遲到了？糟糕！」

莫忘想都不想的抱起石詠哲飛快的朝教學樓衝去，可惜運氣實在不算好，在距離教室還有幾公尺的地方，她清楚的看到老師已經走了進去。

好在還沒正式上課。

★◎★◎★◎★◎

「叮鈴鈴鈴——」

當這樣的鈴聲響起時，莫忘終於氣喘吁吁的站到了門口，大喊出聲：「報、報告！」

「請……！！！」國文老師的眼鏡直接從鼻梁上滑了下來。

而教室中的學生們也集體驚呆了。

因為他們清楚的看到了這樣的情形——站在門口的女孩微喘著氣，衣裙凌亂，而她的懷中正橫抱著一位昏迷的少年，他同樣衣衫不整，甚至更加狼狽，所有人都可以清楚的看到他臉上和衣袖挽起的胳膊上，有著不少清晰可見的爪痕。

老師心想：這是什、什麼情況？是我想太多了嗎？

朋友們：總覺得這情形有哪裡讓人想歪了，是錯覺嗎？

這樣的情況僵持了一會兒，心理素質比較好的老師終於反應了過來，詢問道：「這是怎麼回事？」

莫忘：「……」

好吧，她終於也意識到自己現在的樣子似乎有哪裡不對，然後發現了自己的狀況後一驚，雙手就那麼一放，可憐的石詠哲便直接從她的雙手之中掉了下去，在地上滾了幾圈，最後停到了老師的腳邊。

老師看了看腳下昏迷不醒、褲子有些落下的少年，又看了看女孩手中的皮帶，「……」

朋友們：「……」

莫忘：「……」

救命！她真的不是故意的啊啊啊！

第五章

魔王陛下不可能是色狼

午間，學生餐廳——

一位端著餐盤的女生坐下後，問對面的女同學：「喂，聽說了嗎？」

「什麼什麼？」女同學很明白，這種開頭語表明這一件事——有八卦。

女生左右張望了下，單手遮住嘴小心的說道：「就是那個校園變態的事情。」

「……變態？！」

「噓！」

「啊，對不起。」女同學也左右看了一眼，才壓低聲音問：「怎麼回事？」

「咦？妳不知道嗎？聽說今年的一年級新生中混進了一位變態色魔。」

「哎？好危險！」

女生笑著擺了擺手，「不用擔心啦，聽說那個色魔是女的，只會對男生下手。」

「……這樣嗎？」女同學總覺得更加危險了，真的沒關係嗎？

「是啊，據說就在今天早上，飢渴到極點的她居然隨便抓了個男同學就跑掉了。」

「什麼！還有這種事？後來那位男同學怎樣了？」

「慘極了，等其他人發現他的時候，昏迷不醒，渾身都是傷，哦，褲子還被脫掉了。」

「哎哎？難道說？」

「手被皮帶綁住，嘴巴也被堵住，然後……」

「噗——」

就在女生要進一步描述的時刻，這樣一聲笑打斷了她的話。被打擾的兩人不爽的看向隔壁桌子，只見一位短髮女生正拍著桌子笑得前仰後合，笑著笑著，她似乎終於注意到了隔壁桌的兩位女生，一邊擺手一邊說：「抱歉，妳們繼續說，不用管我！」

「……」氣氛都沒了還說什麼！

「我的話有什麼好笑的？」

「不，妳想太多了。」面對對方的詢問，短髮女生只是拿起餐盤上的湯匙，舀起一根青菜，「我只是因為素菜變肉菜而欣喜！」

「……哈？」

短髮女生接著說道：「能在青菜裡發現蟲子，說明它足夠新鮮啊！仔細想想，被蟲子爬過的每一片菜葉，應該都是純天然無汙染的吧，學姐妳們覺得呢？」

「……」

兩位女生看著自己餐盤中的純素菜組合，瞬間覺得沒了胃口，互相對視一眼後，一起站了起來，轉身就朝學生餐廳門口走去。

注視著兩人的背影，短髮女生挑了挑眉，一口將湯匙裡的蔬菜塞入口中，「搞定！」

「沒用的。」坐在她對面的長髮女生推了推眼鏡，淡定的說道：「她們出去之後還是會說的。」

「但是不管是誰，都別想在我面前說小忘的壞話！」蘇圖圖往嘴裡塞了一大口米飯，氣哼哼的說道：「那些人的想像力也真是強大，小忘根本不是那樣的人好嗎？！」

「還好她沒來學生餐廳。」林樓歪頭看了一眼到處都在竊竊私語的人群，雖然聽不到這些人在說些什麼，但早上發生的事情無疑已經變成了大新聞。

「是啊。」

那麼，八卦的主人公此刻在哪裡呢？

她正在守床。

事情要從最開始說起……

早晨莫忘差點被那突發情況囧哭時，艾斯特及時的站出來解了圍，他是這樣向國文老師解釋的——少年為了拯救被貓圍攻的少女，精疲力盡到暈倒……

皮帶？

當然是他自己抽下來當武器的。

正常情況下這種話很難讓人信服，然而——

第一、說這話的人是艾斯特，正常人只要看著他那張冷冰冰的臉，都不會懷疑這傢伙居然會撒謊。

第二、少年身上凌亂的抓痕，只要仔細去看，就能看出明顯是貓留下的痕跡。

第三……

「喵！」

「喵！！」

「喵！！！」

……還要感謝叛變的白貓不知從哪裡找來的幾十隻小夥伴。

艾斯特一個眼色，牠們便配合默契的蹲在門口，紛紛朝可憐的老師伸出了閃爍著寒光的爪子。

「……」國文老師在接受了這麼不可思議的設定之後，不僅不覺得有趣，反而深切的覺得：再也不想養貓了，不，連見都不想見到了！隨即他就特別批准莫忘把「脫力而暈」的石詠哲送到醫務室去。

雖然明面上這件事似乎就這麼混過去了，但可惜的是，莫忘一路狂奔回教室時，被不少人看到，其中還有些人早上也在大門口，兩相對照之下，那個坑爹的流言就誕生了。

班上的朋友當然是有幫她洗白，但很可惜，比起真相，人們有時候更願意相信流言。

而莫忘的運氣不知道是太好還是太差，整個上午都在醫務室陪床的她壓根不知道還有這麼一回事。至於為什麼會陪了那麼久，是因為石詠哲的情況似乎有點奇怪，平時被揍暈後，不一會兒他就會醒過來，可是今天他直到中午都沒能醒來。根據艾斯特的推測，恐怕是勇者的融合已經到達了最後的階段。

但是，融合真的不會有什麼問題嗎？

學校醫務室裡的布置是由一塊布簾縱向分開，左邊是藥櫃、辦公桌等物品，右側則擺放著四張床，每張床又都分別用布簾隔開，形成了相對封閉的一個個小病房。這時因為校醫去吃午飯的緣故，所以裡頭僅剩下莫忘兩人，少年躺在最靠裡的那張床上，女孩靜靜的坐在床邊的板凳上。

莫忘默默的低頭看著石詠哲，他近似於棕色的柔軟髮絲散在白色的枕頭上，被其他女生誇讚為「帥氣」的臉孔有一些蒼白；也不知是不是錯覺，他鼻邊那幾個青春期突然冒出來的斑點似乎淡了不少。

——真可惜，以後沒辦法拿這個取笑他了嗎？

大概是因為正在做著什麼夢的緣故，他的眉頭時不時皺起，看起來有一點點可憐，和平時的囂張截然相反。

怎麼說呢？睡著和醒著完全就像兩個人一樣。但是，後者雖然稍微氣人了點、煩人了點、刺激人了點，果然……還是希望看見討人厭的他啊！

「陛下。」這樣一道低低的聲音在女孩身後響起。

「艾斯特，你怎麼來了？」莫忘回過頭，同樣小聲的問道。

「我給您帶來了午飯。」

「……到中午了嗎？」坐著坐著，對時間就完全沒概念了呀……

「是的。」艾斯特點了點頭後，單膝跪下，將一個足有五層的保溫飯盒捧到了莫忘的面前，「請用。」

「……」這傢伙從哪裡弄來的？算了，他身上不管冒出什麼都不奇怪。於是莫忘淡定的接了過來，「謝謝。」

莫忘口中說出的明明是很正常的用語，艾斯特卻低下頭，一本正經的回答：「您無須對我道謝，陛下，這是屬下的職責所在。」

每當這時，話題就難以繼續下去，莫忘嘆了口氣，轉而問道：「……咳，裡面都是些什麼？」

她一邊說著一邊站起身，將飯盒放到了一旁的立櫃上打開，最下面一層是白米飯，而上面四層則是還冒著滾滾熱氣的三菜一湯──色澤豔麗，香味誘人，葷素搭配也十分合理。莫忘享受的吸了口氣後貓樣般的瞇起眼眸，「聞起來好香的樣子。」

「陛下滿意就好。」

艾斯特的表情恍若鬆了口氣，莫忘一看之下，福至心靈，下意識說：「艾斯特，這不會是你做的吧？」

「是。」艾斯特居然真的點了點頭，「借用了學生餐廳的工具，還……總之，您能夠喜歡真是太好了。」

雖然青年私下也練習過不少次，更得到了隔壁石夫人的肯定，但沒有什麼比得到女孩的口頭讚許更好的事情了。

「……」這傢伙也厲害過頭了吧！

「陛下？」

莫忘放下手中的飯盒，注視著依舊保持跪地姿勢的青年說：「艾斯特，真的謝謝你。」其他事情也好，這件事情也好，明明她沒有付出任何代價，卻收穫了這樣大的回報，空泛的說著「感謝」也許無事於補，但除此之外，她實在不知道該做些什麼才能夠報答這種溫柔又溫暖的善意。

「陛下……」艾斯特的眼神泛起些許波瀾，似乎體會到了什麼，緊接著他突然伸出右手按住心口，「恕我冒昧，可以耽誤您一些時間嗎？」

「啊，當然沒問題，是有什麼急事嗎？」

「不，只是……想請您聽一聽我艾斯特．克羅斯戴爾的答案。」

「你的……答案？」

莫忘愣住，她曾經有向他提問過嗎？可是再看艾斯特正經無比的眼神與表情，根本沒有半分開玩笑的意思。不過話又說回來，讓他開玩笑估計難度才大。

「是的。」

「……」所以到底是什麼啊？不、不管了，反正聽一聽又不是什麼為難的事。莫忘於是點了點頭，「我明白了，你說吧，我聽著。」

艾斯特低頭重新行了一禮，「感謝您的寬容。」

艾斯特就這樣以跪地的姿勢仰視著站在一旁的莫忘，緩慢而堅定的說道：「的確如您所說，我所憧憬的也許真的僅僅是魔王陛下。」

「……那個呀……」莫忘終於明白艾斯特所說的「答案」是什麼了，居然讓他糾結了這麼久嗎？總覺得略羞愧啊！

就在她準備開口道歉時，艾斯特接著說道：「記得很小的時候，我曾經無數次的詢問其他人，魔王陛下究竟是怎樣的存在？而幾乎所有人都這樣回答——那位大人是我們必須奉獻身心與靈魂效忠的對象，但卻不是每個人都有資格享受那份榮耀，只有最優秀的人才有資格站在其身邊。故而，我一直以此為目標而努力著。現在想來，真是羞愧。」

「……羞愧？」

「是的。」艾斯特點了點頭，「因為就算獲得了『第一守護者』的榮譽，我依舊不清楚魔王陛下究竟是怎樣的存在。而站在離陛下最近的位置這種念頭，也許只是執念，而並非是真正的忠誠。是陛下您提醒了我這一點。」

「不，我並沒有想……」莫忘擺了擺手，不知道該說些什麼才好。

「陛下，直到見到您……」

「……見到我？」現在回想起來，那可真不能算是一場愉快的相會啊，幾乎把她嚇了個半死。

「從見到陛下的那一刻起，我確定了一件事。」艾斯特注視著莫忘的冰藍色眼眸漸漸深邃，似乎有什麼在凝聚著，「一直以來我所想侍奉的魔王陛下，就是您，也只是您，而不會是其他任何一人。」

「……」

艾斯特斬釘截鐵的說道：「並非您是我的陛下，而是——我的陛下是您。」

莫忘愣住了，「艾斯特……」

「我艾斯特．克羅斯戴爾，在此以魔神大人之名立誓，終此一生，只將全部忠誠獻予您一人。」

莫忘因艾斯特擲地有聲的話語而動容，她下意識想要打斷對方的話：「等一下，我是說……」

——像這樣輕易的許下誓言真的沒問題嗎？如果她真的不是……那麼……

「陛下，請無須擔憂。」彷彿聽到了莫忘內心的話語，艾斯特發自內心的如此說道：「因為在我看來，這世上再不會有任何一人比您更有資格、更適合成為魔王陛下。」

隨即，莫忘驚愕的看到，向來擺不出任何表情的艾斯特，嘴角居然勾起了一抹淺淺的弧度，就像是劃破雲層照射在冰山上的陽光，雖然轉瞬即逝，卻折射出比任何時刻、任何地點都要動人的光芒。

她張了張口，覺得此刻應該要說些什麼，卻又不知道該說些什麼。

就在此時——

艾斯特彷彿聽到了什麼聲音，微微側過了頭。

注意到這一點的莫忘問：「怎麼了？」

「似乎是格瑞斯那邊出了一些小問題。」

「格瑞斯？那傢伙也來了？」

艾斯特點頭，「是的，陛下，是否需要我去查看？」

「快去！千萬別讓他鬧出什麼亂子來！」若是艾斯特，姑且不用擔心太多，但格瑞斯的話……就不一定了。想到這裡，莫忘又想哭了。

「是。」

不過短短一剎那，艾斯特的身形便在眼前消失。莫忘長嘆了口氣，暗自祈禱不要出什麼亂子，否則她真的是無法直視自己的校園生活了。

「算了，還是先吃飯吧。」

不管怎樣都是艾斯特的心意，不能浪費掉啊～

如此想著的女孩，重又端起立櫃上還冒著熱氣的米飯，還沒扒上一口，突然聽到靜躺在床上的少年發出了一點聲響，她連忙再次放下飯盒，轉身就撲到了床上。

「你醒了嗎？」

「……」少年緩緩睜開眼眸。

莫忘小心翼翼的問道：「石詠哲？」

石詠哲的眼神中漸漸凝聚起神采，他說：「妳……」

「什麼？是想要什麼嗎？還是哪裡不舒服？」她不停的發問。

「妳壓死我了！」

莫忘虎著臉站直身體，「……再見！」再也不要和他做朋友了哼！

被開除資格的石詠哲翻身坐了起來，「我說……」

「……」不搭理他！

「妳真的是魔王嗎？」

「……」莫忘愕然的看向對方，隨即才反應過來，這就是所謂的「融合」嗎？看來與以往總是會忘記不同，這次石詠哲是真正的有了身為勇者的記憶。

「看來是真的了。」到底是相處了多年的青梅竹馬，石詠哲輕而易舉的從莫忘的眼神中讀出了答案，他輕嘖了聲，將本來就有些凌亂的頭髮抓得更加亂了，「魔王和勇者？這種事情也太不科學了吧。」

所以，他真的曾經做過那些丟人的事情嗎？還是當著她的面……

「我當然知道不科學，但是……」它的的確確發生了啊！莫忘心想。

石詠哲接著問道：「妳所謂的表哥，也不是什麼普通人吧？」

「……嗯。」莫忘點了點頭，正準備說些什麼，驀然聽到了「咕嚕」一聲響。

這聲音是？

她下意識看向石詠哲的肚子。

「妳看我做什麼？！」

「……」這就是傳說中的「惱羞成怒」吧？

但考慮到對方還躺在病床上，她非常體貼的決定今天就不補刀了，只是轉過身指著立櫃上的飯菜，「要一起吃嗎？」

石詠哲輕哼一聲扭頭，「誰要和妳一起吃啊！」

莫忘從善如流的點點頭，「那就算了。」

「……」喂！這個笨蛋聽不出來他不是真心的嗎！但事到如今，誰還能拉下臉說自己想吃啊！

如此想著的少年一氣之下就重新躺回了床上，背對著女孩緊閉上眼睛，以這樣的舉動默默表達著自己的不滿與抗議。

莫忘覺得有點想笑，但最後還是憋住了。她拿起桌上的幾個菜盒，將其中的兩盤素菜並在了一起——好在這些菜裝得都不是非常滿，所以她沒怎麼費事就做到了這一點。隨即將一小半米飯倒入了空出來的飯盒中，再將其放到了櫃上。

緊接著，她對著菜猛搧風，「嗯嗯，好香呀～」

「……」石詠哲的鼻子嗅了嗅。

「可是我一個人吃不掉，怎麼辦才好呢？」

「……」石詠哲的耳朵動了動。

「就沒有一個好心人願意幫忙嗎？」

「……」石詠哲拉起被子蒙住頭。

莫忘扶額，這傢伙到底是有多小氣啊？她索性彎下腰拍了拍被子，「喂！起來吃飯了！」

被子扭了扭。

「再不吃，信不信我掰開你的嘴塞下去！」她捏緊拳頭，「你應該記得吧？我現在力氣可是很大的哦。」

「……」石詠哲一把掀開被子坐起身，「暴力笨蛋！」

「喂！」果然還是餓死他算了！莫忘心想。

可惜石詠哲已經拿起了一個離自己較遠的飯盒。

莫忘只好瞪了這傢伙一眼，順帶吐槽他：「你拿錯了！是那個才對！」

莫忘手指著離他較近的、分量比較多的那個飯盒——青春期的男生，飯量總比同齡的女生要大上不少。

「吵死了。」

話雖如此，石詠哲還是換了過來，卻不肯接莫忘遞過來的湯匙，「我要用筷子！」

「才不給你呢！你這樣的傢伙只適合用湯匙！」說完，莫忘很是氣人的笑了兩聲，她直接夾起一朵涼拌花椰菜，慢悠悠的塞進了嘴裡，「有本事你搶啊！」

石詠哲怔怔的注視著莫忘的動作，莫忘的動作彷彿是鏡頭中放大了的畫面，可以清楚的看到她潔白而整齊的貝齒以及粉嫩嫩的舌頭，那天那個讓他時常想起的情形自然而然的又浮現在了腦中。

他臉色爆紅的一把搶過湯匙，低下頭就對著米飯一陣猛吃。

「……喂！別光吃飯啊！你是蠢蛋嗎？」莫忘心中想著：你就不能不那麼蠢嗎？

「……」石詠哲心裡吐槽：到底誰是蠢蛋啊？妳就不能稍微有點自覺嗎？

到底是在一起相處了多年，兩人默（你）契（爭）配（我）合（奪）的吃完了午飯，將所有飯菜吃得乾乾淨淨。

也直到此時莫忘才發覺，或許最初艾斯特送來的就是兩人的分量也說不定——雖然看似不苟言笑，但他的體貼其實不輸給世上的任何一人。

雖然暫時沒辦法清洗五層飯盒，莫忘依舊仔細的將其組裝了回去，只是動作間出了一點小意外，她不小心讓幾滴湯汁濺到了自己的白襯衫上。

「呀！」她有些困擾的捏了捏衣服，油漬已經快速的在上面暈染了開來。

「笨蛋。」石詠哲一邊如此數落著她，一邊不知從哪摸出一條手帕，丟到她懷中，「還愣著做什麼？快去洗手間暫時用洗手乳清理一下。」

「啊？哦！」

莫忘點了點頭，趁著湯汁還沒乾透，連忙拿著手帕跑出了醫務室，甚至忘記了反駁對方的話；她自然也沒有注意到，石詠哲其實一直注視著她的背影，直到她在門口消失，他依舊沒有移開目光。

★◎★◎★◎★◎

因為處理迅速的緣故，那些湯汁很快全部被去掉了，只是制服上衣因此濕了一大塊，莫忘不得不用石詠哲給她的乾手帕反覆的擦著襯衫，弄了好一會兒，終於覺得不那麼顯眼了，她才鬆了口氣，轉過身走出了二樓的洗手間──醫務室是在一樓，只是那一層的洗手間似乎出了什麼問題，門口端端正正的擺放著一塊維修牌。

因此莫忘小心翼翼的提著衣角，行走在因正值中午而空無一人的走廊中，兩旁的辦公室緊閉著，光線稍微有點暗，一切的一切都顯得格外清冷。她突然有些後悔今天穿皮鞋了，因為皮鞋踩在地上發出的「噠噠噠」聲正左右迴盪著，那些從四面八方傳來的回聲重疊起來，有點響，卻又讓人覺得環境更加寂靜，也有點讓人害怕。

不知不覺間，她一路小跑了起來。

直到跑盡了整條走廊站到樓梯前，注視著從下方樓梯口射入的明亮日光，莫忘才輕舒了口氣，覺得在剛才稍微有些冷的軀體重新恢復了溫暖。當然，也可能是因為剛剛運動過的緣故──無論如何，她都堅決的認為，將洗手間建在走廊的盡頭真是一種超級坑爹的行為。

心情瞬間變好的莫忘輕哼著歌走下了一級階梯，就在此時，她突然覺得肩頭一沉，眼角餘光清楚的看到肩膀那裡驀然搭上了一隻手。

「啊————！」她不可抑制的尖叫出聲，緊接著腳底一滑，整個人眼看著就要從樓梯上摔下去。

「小心！」

千鈞一髮之際，那隻原本搭在莫忘肩頭的手，快速而精準的握住了她不自覺後揚的手臂。被從滾下臺階的命運中拯救出來的莫忘還沒來得及鬆口氣，只覺得從緊抓著自己的那隻手傳來了一股力量，將她朝後一拉……

下一刻，她已經身體懸空的被人抱回了樓梯之上的平臺。

「這位學妹，真危險啊。」

「學學長、謝、謝謝謝你……」驚魂未定的莫忘慌亂的道著歉，聽聲音和對方的稱呼，她叫「學長」應該不會有錯吧？

比起莫忘的慌張，對方的聲音聽起來倒是十分的從容淡定，甚至還夾雜著些許笑意。

「是學長，不是學學長。還有，不用客氣，反正本來也是我把妳嚇到掉下去的。」

「……」原來他才是真正的罪魁禍首嗎？不過！在那之前——莫忘拍了拍腰上的手臂，問道：「學長，能先把我放下來嗎？」

「啊，抱歉，忘記了。」少年將懷中的少女放下。

隨著自己的雙腳終於落地，莫忘總算放下了心，但緊接著又是滿頭黑線，她再次戳了戳腰上的手，「學長……能鬆開手嗎？」

「啊，抱歉，又忘記了。」

對方鬆開了手。

「……」這傢伙是怎麼回事？從空無一人的走廊中突然出現，行為又奇奇怪怪的，不、不會她是撞鬼了吧？不不不，怎麼說現在也是白天，鬼是不可能出來的吧？而且對方的身體也是熱的。

雖然心中流過了紛雜的念頭，莫忘還是動作迅速的整理了下衣裙，轉過身直面這位突然出現的「學長」。直到這時她才發現，靠近樓梯的一間辦公室的門是開著的，想必他就是從那裡走出來的吧？

也直到此時，莫忘才終於看清了身後少年的模樣，最先注意到的就是——與學校中其他男生不同，他的頭髮有些長，甚至在腦後梳成了一個約三、四公分的小辮子，更有幾縷髮絲被挑染成了黃色。

——這傢伙真的是學生嗎？不管怎麼說也太誇張了吧。

「是在看這個嗎？」少年扯了扯自己的辮子。

「不……」莫忘連忙搖頭，像這樣盯著別人似乎太失禮了……

「沒關係的，大家最先注意到的都是這個，我已經習慣了。」少年狀似不經意的聳了聳肩頭，「這個是家人逼著留的，據說是我剛出生時，一位非常靈的算命大師說成年之前必須這樣做，否則就會掛掉。雖然我是不太相信這種話，不過老一輩的人總是很迷信這個。」

說到這裡，他將一隻手指豎在脣上，眨了眨眼睛，「這件事我一般只對熟人說，因為剛才嚇到了妳，所以給妳特別優惠。」

「……」不，她完全不想要這種優惠好嗎？

「啊，至於染髮就是我自己擅作主張了，不覺得看起來很酷嗎？」

「……」莫忘在心裡表示，在見過了魔王僕人那完全不科學的銀髮和紫髮後，真心一點都不覺得染髮很酷！

事實上，不僅是頭髮，少年的衣著也有些奇怪，明明彷彿嫌熱的將白襯衫的袖子捋起，卻又在腰上繫了一件不知哪裡來的藍、白、黃三色休閒外套。

但是，不管是頭髮還是衣物，又都與少年詭異的契合了，哪怕再挑剔的人去看也找不出半點違和感，好像他天生就應該是這種略帶痞氣的模樣。

「啊，忘記自我介紹了。」少年露出一副恍然大悟的表情，「我叫陸明睿。」

莫忘低頭看著對方伸出的手，原本放在身側的手也微微伸出，「我叫……」

「莫忘。」陸明睿抓住莫忘的手，握著上下晃了晃，「是這個名字沒錯吧？」

「你……怎麼會知道？」

陸明睿收回手，眨了眨眼，神秘兮兮的說：「這是個秘密。」

「……」莫忘想這真是個奇怪的人。

就在這時，莫忘聽到一段不知名的旋律突然在兩人之間響起。

陸明睿快速的從口袋中拿出了手機，對著莫忘做了個抱歉的手勢，打開後接了起來。

「嗯，是我……上午有點事，剛開機。」

雖然被嚇了一跳，但對方及時用舉動挽救了自己的錯誤，再加上她本身也沒受到什麼損害，所以莫忘沒打算追究，而是趁此機會走下了樓梯。因為剛才的教訓，她走得很小心。

「學妹！」

莫忘下意識回過頭，疑惑的看著對方。

陸明睿單手捂住手機，笑著說道：「等一下，我還沒向妳道歉呢！」

「……陸學長，真的不用了。」莫忘擺了擺手，轉過身繼續走下樓梯。

陸明睿一邊接著電話，一邊俯視著緩步離開的莫忘，在日照下呈現出褐色的眼眸中閃過些許流光——沒想到居然會在這裡遇上那位「石學弟」的青梅。

就在此時，電話另一端的人突然又說出了一條讓他非常感興趣的消息，而其直接後果是莫忘在走到拐角處的樓梯口時，突然聽到身後傳來這樣一聲大叫。

「學妹，等等我！」

「……」

莫忘無奈的再次回頭，而後驚愕的看見那個自稱名叫「陸明睿」的傢伙居然直接從樓梯上滑了下來。好在沒出什麼意外，他平安落地後拍了拍圍在身後的休閒服，豎起拇指，「平穩落地，必須十分！」

「……」這個地方是笑點嗎？她該笑嗎？

「又被嚇到了嗎？」陸明睿雙手合十，表情真誠的道起了歉，「學妹，剛才的事情真的非常對不起，我只是看妳哼著歌好像心情很好，所以心血來潮想打個招呼，以後絕對不會這樣做了，請原諒我吧！」

「不……沒關係的。」莫忘想了想，又加上一句：「不過陸學長……」

「什麼？」

「如果可以的話，以後還是別這樣打招呼比較好。畢竟你不可能每次都能幸運的接到人吧。」

「明白！」陸明睿鄭重的點頭，隨即問道：「學妹，問妳一個問題可以嗎？」

莫忘愣了下，「啊？」但到底還是點頭答應了，「可、可以的。」

下一秒，她居然整個人被對方壓到了牆角。

「……」莫忘愕然的看向陸明睿，什、什麼情況？

「學妹？」陸明睿進一步湊近，瞇起眼上上下下、仔仔細細的打量著莫忘。

「什、什麼？」莫忘緩緩捏緊拳頭，看了看對方壓住自己肩頭的雙手，下定決心——如果這傢伙敢做什麼失禮的事情，就直接把他提起來丟樓梯滾下去！反正這應該算對方主動襲擊，不扣魔力值的。

注視著表情瞬間從茫然變為戒備的少女，陸明睿笑咪咪的問道：「真的是妳嗎？傳說中本校第一的變態。」

沒錯，這正是他剛才得到的消息。他對自己的長相還是很有自信的，可惜就算湊這麼近來以身犯險，對方也沒露出傳說中的反應。與其說她是見到稍微好看的男性就無法控制衝動的色魔，倒不如說怎麼看都是隻普通的兔子，還是隻什麼想法都寫在臉上的笨兔子。

不管怎麼看都和流言不符，那麼，究竟哪個才是真實呢？

他覺得挺有意思。

可惜的是，一上午都待在醫務室的莫忘怎麼可能知道那些亂七八糟的八卦，她只是困擾的抿了抿脣，「……學長，我不明白你在說些什麼，請放開我。否則我就動手了！」

「……」糟糕，好像真的生氣了，兔子急了也是會咬人的，還是道歉之後早點撤退吧。

如此想著的陸明睿開始緩緩鬆開手。

「啪！」

一隻手突如其來的握住了陸明睿的手腕。隨即，來人滿含怒意的聲音在他耳邊響起。

「放開她！」

因為姿勢的緣故，背靠著牆角的莫忘最先看到了來人，卻愣住了。因為從小到大，她幾乎都沒看過石詠哲露出過這種可怕的神色，之所以這麼說，並不是因為他的表情如何猙獰，恰恰相反的是，他的臉孔冷冰冰的，甚至給了莫忘一種這傢伙被艾斯特附體的錯覺，只是這種念頭在看到他眼眸的瞬間便消散了。

不知是不是光線造就的錯覺，那平素看來格外漆黑有神的眼睛，此刻彷彿燃燒著烈烈火焰，甚至在某一秒，莫忘想起了他曾經襲擊自己的那個夜晚，那時這雙眼眸也像現在這樣，泛著讓人有點害怕的紅光。

緊接著，她看到石詠哲一把握住陸明睿的手腕，在說出那句「放開她」後，緩緩捏緊掌心——莫忘覺得那力度一定挺大，因為她似乎聽到了骨頭發出的悲鳴聲。

但兩位當事人似乎都完全沒有注意到這一點。

兩位少年目光相對，一個兀自加重力度，一個臉上的笑容分毫未變。

莫忘在這突然變得格外詭異的情勢中，呆呆的看向自己大變樣的竹馬，不自覺的囁嚅說：「阿哲……」

這句簡單的話語彷彿打破了某種氛圍。

石詠哲下意識的扭頭看了她一眼，而陸明睿則非常沒出息的張嘴喊起了痛：「石學弟，鬆點、鬆點！你抓得我的手好痛！」

前者聽到後冷哼了一聲，直接甩手將後者從女孩身上一把扯落，朝一旁丟去。

陸明睿看似被丟出，卻不知哪根筋不對，手臂角度詭異的一扭，居然反手握住了石詠哲的手腕。隨後兩人居然拋棄莫忘，擅自開始「啪啪啪」了。

當然，這個所謂的「啪啪啪」還是很純潔的，大概就是兩位少年揮灑著青春的汗水不斷用肉體進行著火熱的交流……你推我一下，我推你一下……果真很純潔啊！

莫忘：「……」

一秒鐘從剛才的「恐怖片」既視感變成了現在的「武俠風」，但總覺得哪裡不對勁，是錯覺嗎？而且石詠哲那傢伙什麼時候會傳說中的「功夫」啦？她怎麼一點都不知道？

事實上，吃驚的並不僅是莫忘一人，而是三人。

陸明睿是因為對手的身手跟之前調查的資料並不一樣。這位讓子瑜非常在意的石學弟不僅……而且似乎身手也不錯？不，應該不只是不錯而已，他自己剛才直到手腕被握住之前都沒察覺到對方的到來。不過這也沒什麼好奇怪的，再怎麼說他還是……就算……也是很自然的事情。

石詠哲則是因為自己動起來的身體而驚訝，他都不知道自己什麼時候學會這一手了，這是因為之前睡著所做的夢嗎？

所以說，三人中，只有成功與「勇者之魂」融合的石詠哲大致猜到了事情的真相。

雖然勇者這種倒楣的存在總是被魔王「空手接白刃」，但是那些繼承自「勇者之魂」的戰鬥招式和經驗也並不是作假的。如果不用劍，勇者和魔王打起來起碼能堅持一會兒，而且遇上莫忘這樣還處於成長初期的弱雞魔王說不定還能贏。可問題是，用劍法消滅邪惡大魔王是每個勇者的執念，所以勇者們注定悲劇。

兩人停下手時，時間也只過了幾分鐘。

自覺已經試探的差不多、再繼續下去就會被毆的陸明睿果斷抽身退出了戰局，笑嘻嘻的說：「沒想到石學弟你居然這麼厲害，不過我還有事，下次有機會再切磋吧。」說完，他心中暗下決心——像他這麼忙的人必須沒機會！

而後他朝莫忘揮了揮手，「學妹，剛才的事情真是對不起了，下次請妳吃東西道歉。」

「……」不，這種奇怪的傢伙，還是別見面比較好吧？

注視著那位奇怪的學長歡脫跑走的背影，莫忘默默鬆了口氣。所以說，她只是來處理一下衣服而已啊，為什麼會鬧出這麼多奇怪的事情？不過……

她看向站在自己身前的石詠哲，態度很是誠懇的說：「石詠哲，謝謝你。」雖然即使他不來，她也可以單手把陸明睿丟飛，但是既然接受了幫助，就應該認真道謝。

石詠哲完全不知道自己某種意義上說其實是「救了陸明睿」，他只是轉過身瞪著莫忘，輕哼了一聲後，語氣很差、很不客氣的說：「妳是笨蛋嗎？」

「……哈？」莫忘才剛覺得這傢伙可能稍微成熟穩重了，他就這樣？說好的感動呢？蕩然無存了好嗎！

「遇到不認識的人亂搭什麼話？」之前在醫務室他就想著這笨蛋怎麼那麼久都不回來，正準備出去找找，結果就聽到了她的一聲尖叫，把他嚇得差點從床上滾下來，一路跑著從一樓的洗手間找過來，結果居然看到她被陌生男子壓在牆角上，還一臉傻乎乎等著被占便宜的表情。這女孩還能更蠢、更沒防備點嗎！

毫無疑問，石詠哲僅僅是稍微回想一下剛才的情形，就氣不打一處來，牙齒癢，手心也癢，甚至有種直接把這棟刺激人的辦公樓拆了的衝動。

如果莫忘知道石詠哲此刻心裡在想著什麼，八成會說他想太多，可問題是她沒有讀心術啊，所以只能滿腹無語——又不是她主動搭話的！就算有錯，也不能說全是她的錯好嗎？

「而且妳不是說自己力氣很大嗎？為什麼不揍他？」石詠哲繼續數落，因為之前揍他的時候，莫忘還毫不留情的下手。

「……」莫忘斜眼吐槽：是準備揍啊，結果你不是來了嗎？

「再有下次我絕對不管妳了！」石詠哲繼續數落，然後心中暗下決定，以後一定不能再有這種事情。

「……」莫忘終於被唸到不爽了，「誰要你管我啊！」

「我媽！」石詠哲回答得理直氣壯，因為他還真是奉旨辦事。

「……」

自覺輸了一城，又認為不該剛過河就拆橋的莫忘只好也哼了聲，轉過身就走——再待下去她怕自己又會被扣魔力值啊！真是的，每次和這個傢伙在一起就抑制不了想揍人的衝動！到底算是誰的錯啊？

「等……」石詠哲下意識想伸出手抓住自己的小青梅，而後突然慘叫出聲：「嗷！」

「……你怎麼了？」莫忘倒沒懷疑自家竹馬是裝的，因為這傢伙太愛面子，正常情況下絕對不會裝可憐。

石詠哲單手撐著牆，另一手扶著自己的腰，臉上的表情有點痛苦，「我的……腰……」

「哈？」

「似乎扭傷了……」

這個完全屬於正常現象，與「勇者之魂」融合後，石詠哲雖然靈魂被印刻上了戰鬥本能，但身體素質並不會發生任何改變，而且還一下子做出那些高強度的動作，好在他平時也算是運動系的好少年，所以才僅僅是扭到腰，如果本身是個死宅那就死定了。

「……你是老爺爺嗎？！」莫忘有點想笑，連忙強行忍住，憋到臉都紅了，最後還是噴笑出聲。

「噗！哈哈哈哈哈……」她就說，這傢伙剛才耍帥過頭一點都不科學好嗎？

「不許笑！」石詠哲惱羞成怒了。

「哈哈哈……」

「妳以為這都是誰的錯啊？！」

「哈哈哈……咳，我知道了，知道了！」莫忘輕咳兩聲，拚命讓自己笑得不那麼厲害，湊過去扶住他，「校醫應該回來了，去找她幫忙看看吧！」

「嘶……妳輕點……」緩慢移動中。

「我已經很輕了。」

「嘶……」

「……真是！」莫忘無奈的一把將石詠哲用公主抱抱起——還是這樣比較輕鬆！

可是石詠哲此刻一不處於昏迷中、二不處於精神分裂狀態，怎麼可能能接受這種羞恥的舉動？於是他拚死發出了抗議，但劇烈的腰痛導致他完全無法跳下來，「喂！快給我放開！我……嘶！」

「這樣比較快啦！」快速跑著的莫忘給了他一個白眼，「別扭來扭去，小心腰斷掉，石、爺、爺！」

「……」

還沒等竹馬再說什麼，小青梅已經一溜煙抱著他跑回了醫務室。就如後者所說的那樣，如同大 boss 般長期鎮守其中的校醫已經回來了，而且一臉淡定的注視著兩人的姿勢——畢竟早上已經像這樣來過一次了。

「又怎麼了？」

醫務室裡的校醫是位年紀四十左右的女性，因為面相有點凶，所以被一些不太厚道的學生評價為不像醫生，像屠夫。莫忘最初也是有點害怕對方的，但接觸過幾次後發現這位校醫脾氣真的很好，根本不像其他人說的那樣可怕。

「徐醫生，他腰扭到了！」

徐醫生態度和藹的對眼前那個不怕自己的女孩招了招手，「把他抱到床上去，翻過身，衣服拉起來。」

莫忘：「嗯！」

默默臉紅的石詠哲：「……」

想太多的青春期少年傷不起。

前一秒還因為青梅用軟乎乎的小手摸了自己小腰桿而略蕩漾的少年，下一秒就看到徐醫生笑呵呵的朝自己走來，小心肝頓時抖了抖，腦中不自覺浮起的些許綺念瞬間消散無蹤。

不得不說，這位徐醫生威名遠揚是有原因的，她不笑很嚇人，笑起來就更嚇人了！他覺得現在的自己像是待宰的小豬仔……

徐醫生恍若沒有覺察到石詠哲警惕的目光，檢查了片刻後，淡定的說道：「沒事，只是小扭傷而已。」

莫忘鬆了口氣，「那真是太好了。」

「還是小孩子嘛，身體好得快。」說到這裡，徐醫生意味深長的看了石詠哲一眼，「不過，就算年輕也要格外注意身體啊！從明天起每天中午來一趟吧。」

呵呵呵呵，這小子似乎很不樂意見到她嘛，那就多來幾次吧，反正多按摩按摩對身體沒壞處——腹黑的校醫是很小氣的。

「……不要！」石詠哲嘸了口唾沫，「我覺得，我放學去老媽工作的醫院看看好了！」

「對了，妳也來。」腹黑的徐醫生不理會石詠哲，轉頭看向莫忘，「我教教妳手法，這樣週末放假的時候妳在家也可以幫他按。」

「我？」莫忘愣了愣，但一想到這傢伙是因為什麼而受傷的，於是點了點頭，「好！」

莫忘心想反正按一按而已，又不會死人。

「石同學，你有什麼話要說嗎？」

石詠哲：「……沒有！」小手……軟乎乎……按背……從明天起必須天天來！

可惜的是，五分鐘後，石詠哲就後悔了。

「痛痛痛……」

「妳輕點……」

「嘶！」

「唔！」

「……你夠了！」莫忘滿頭黑線的放開手，「能別叫得這麼嚇人嗎？」

趴在病床上的石詠哲覺得自己挺無辜的，「前提是妳輕一點！」

莫忘覺得自己更無辜，「我已經動作很輕了！」

徐醫生呵呵一笑：「沒事，她學得很快，手法沒問題，就是力度還掌握不好，多練練就成了。」

石詠哲：「……」還要來多少次啊？求放過！

可惜他作為一個超愛面子的青春期少年，絕對不可能拉下面子說這話啊！於是他轉頭看向女孩，試圖以嫌棄的目光使其退縮。

可惜莫忘的腦電波和他沒對上，把他的目光當成了期許，她握拳鄭重的說道：「放心吧，我會繼續努力的！」既然這傢伙是因為自己而受了傷，那麼她就必須負起相應的責任！

「……」還是饒了他吧！如果讓她開按摩院，估計全國百分之七十的人以後都無法直立行走了。

因為這意外的「扭腰」事故，石詠哲和莫忘兩人自然而然又打算曠了下午的課。前者不能接受自己趴著上課，而後者一方面要「負責」，另一方面也因為早上的意外而暫時不敢面對朋友們。

就某種意義上來說，石詠哲的運氣其實真心不算差。因為在「按摩學習」結束後，又陸陸續續有一些學生來到醫務室，只差一點點，他「動人」的慘叫就會給這些人留下一個深刻的印象。

也因為醫務室中有了其他人的緣故，莫忘和石詠哲沒有再像之前那樣肆意的說話，兩人一趴一坐的分別看著徐醫生無償提供的小說，就算靜默無聲也不會覺得無聊。

只是……

「啊哈——」

到了下午兩點，坐在床邊的女孩開始接二連三的打起呵欠。不得不說，學生這種物種真是年紀越大就越可悲，小時候明明不想午休卻被大人逼著睡，現在沒人逼了卻一天不睡就沒精神。

「唔……」莫忘舉起本來正在翻書頁的手，揉了揉眼睛，又忍不住遮住嘴，再次打了個大大的呵欠。

石詠哲突然開口：「笨蛋。」

「什麼？」莫忘已經睏到懶得和那傢伙計較稱呼問題了。

「妳要不要睡會兒？」

「我也想啊……」不提還好，一提她就想淚流滿面，上午不睏的時候其他病床一個人都沒有，結果現在居然都睡了人，弄得她就算想休息也沒地方去啊。

趴在床上看書的石詠哲輕咳了聲，默默朝裡側挪了挪，「不然……在這裡……」說話間，他的臉微微紅了。

「啊？」莫忘愣住，雖然小時候經常一起睡，但怎麼說也這麼大了，還這樣不太好吧？

「不要就算了！」石詠哲不爽的扭頭。

「……」莫忘怒了，這傢伙也太沒誠意了吧？才說完就想變卦？沒這麼容易！她站起身輕哼了聲，「你再過去點！」反正只是稍微睡個午覺，再說這傢伙是石詠哲啊，她真心不需要想太多。

「吵、吵死了，妳該減肥了！」嘴裡雖然說著這樣的話，石詠哲卻非常自覺的又朝裡挪了挪，將大半位置讓了出來。

「你才胖！」毫無疑問，不管什麼年紀的女性被說「需要減肥」都是不可饒恕的事。

莫忘鼓了鼓臉，脫下鞋輕手輕腳的爬上了床。因為體型足夠嬌小的緣故，仰躺下來也只占了一小半位置，她側過臉扯了扯被石詠哲壓在胸口下的枕頭，「你再過來點，萬一掉下去又要麻煩我幫你按摩腰了！」

石詠哲本來聽到前半句話還很有些心跳加速，但聽到後半句之後就默默挪動，順帶將枕頭塞到她腦袋下面，再幫其蓋上被子。

大概是因為真的很睏的緣故，沒過多久莫忘就陷入了夢鄉，而石詠哲也終於不必再偷瞄。看著她毫無防備的安心睡臉，他不知道自己是喜悅多一點還是苦惱多一點。像這樣毫無芥蒂的待在他身邊當然是令人高興的，但不管怎樣也太沒防備了吧？就算這種不設防是因為足夠親近，但也親近得有點過頭了，就好像在她心中，他與小時候的自己並沒有任何區別。

這對石詠哲來說，實在是再糟糕不過的事情。

不知不覺間，莫忘的動作由仰躺變成了側躺，腿部微微弓起，縮在被窩裡的雙手環在胸前，整個人蜷縮成一團。

石詠哲微皺起眉頭，他記得在哪裡看到過，這種如同胎兒在子宮中一般的睡姿是最缺乏安全感的。

——小時候明明不是這樣的……

那時的女孩總是睡著睡著就跟八爪魚似的纏到他身上，否則就是一溜煙的滿床亂滾，經常害得他第二天早上從地上起床。

想到這裡，石詠哲心中泛起些微的惶恐，究竟從什麼時候起，她的身上發生了他所不知的改變呢？又或者說，他們之間的關係也許早就疏遠了。看，她連變成「魔王」這件事都從沒有和他說過。

如果此時莫忘醒著，並且能聽到竹馬心聲的話，一定會說他真的是想太多。她並沒有什麼想要隱瞞他的念頭，或者說在湧起這種念頭之前，石詠哲就已經被勇者之魂附身，而後陷入了和她一樣悲劇的情形，所以從頭到尾他們都是一國的。

至於為什麼之後也沒和他說，那還用問嗎？那種一看就是黑歷史的事情誰說得出口啊！而且就算她說了，按照石詠哲愛面子的性格，也八成不會相信；就算勉強信了，也絕對會和她鬧彆扭……所以還是等他自己發覺吧。

可惜的是，石詠哲哪怕醒著，也無法從熟睡的莫忘口中得到準確的回答。

他只是自顧自的煩惱著——

上一秒才覺得過於親近，這一秒又覺得早已遠離，讀不懂女孩心的少年，就這樣陷入了思維的亂麻中，找不到頭緒，更難以脫逃。

「嗯……」莫忘突然發出這樣一聲輕哼，也不知道夢到了什麼，眉頭驀然皺了起來。

這聲輕響也將石詠哲從思緒中拉回，他下意識抓住自家小青梅縮在胸前的手，就像小時候常做的一樣。

掌心傳遞而來的溫暖似乎給了莫忘安慰，她的眉頭漸漸舒展開來，呼吸也由剛才的急促重新變回了平穩。

石詠哲注視著自己不知何時被莫忘緊捏在掌心的手，心中如同被注入了剛熬好的糖漿，甜滋滋的，不停泛著滾燙的泡泡。之前的那些煩惱更是轉瞬之間就失去了蹤影，而目光，也自然而然的定格在了她泛著淡淡粉色的小臉上。

這樣的情形在很久之前也發生過一次。

那是一個週末的早晨，他直接走過相通的陽臺到了莫忘的房間中，她卻還在睡著。樣子和現在很像。

眼眸緊閉，所以能更加清楚的看到那濃密如扇的睫毛，在色彩上與白皙的肌膚形成了鮮明的對比。因為熟睡已久，她溫暖的臉頰如同初熟的蘋果般泛著漂亮的紅色。呼吸間嘴脣微張，淡色的脣瓣粉嫩潤澤，看起來有種格外柔軟的觸感，讓人情不自禁的想要親自試一試。

那時，他心跳得厲害。

……現在也是一樣。

過去與現在。

回憶與現實。

兩個時空在這一秒似乎重合了，而女孩是少年眼中的唯一真實。

彷彿為了確定些什麼、抓住些什麼，石詠哲反手握緊莫忘的手，一點點向她的臉孔湊近。

近了……

更近了……

直到能感覺到她的呼吸噴灑到自己臉上。

他的手心不知何時已然濕潤，呼吸也漸漸急促了起來，耳邊除了被放大無數倍的心跳聲，什麼也聽不見。

只差一點……

就在此時——

「陛下！！！」

第六章 魔王陛下不可能受傷

「啊啊啊————！」

沒錯，偷親妹子卻被抓住的石詠哲因為過於緊張而淒慘的摔下了床，本已受傷的腰部再次遭遇了致命一擊，以至於他好半天都爬不起來。身體上的痛苦還是小事，更為重要的是他此刻的心情非常複雜，這種情況已經不是簡單的一個「鬱悶」可以概括得了的，簡直是鋪天蓋地的悲劇啊！

而在兩聲噪音連擊下，莫忘終於緩緩睜開了眼眸。

然後整個人懵了。

這是個什麼情況？

艾斯特滿眼擔憂的跪在床邊，臉上的表情是前所未有的焦急，彷彿遭受了什麼重大的打擊；而石詠哲則是滿眼悲戚的趴在地上，臉上的表情則是前所未有的灰暗，彷彿也遭受了什麼重大的打擊。

所以說，在她睡著的這短短時間內，到底發生了什麼事？石詠哲就算了，怎麼連艾斯特也……

「怎、怎麼回事？」莫忘先轉頭看向自己的竹馬，「石詠哲？」

「……」石詠哲捂住嘴猛的扭過頭——救命！鬼使神差的做了那種事後，現在根本無法直視她好嗎！

被無視的莫忘：「……」他又在鬧什麼彆扭啊？難道她不小心一腳把他踹下去了？不、不會吧？她現在睡覺應該很老實啊！

疑惑的女孩轉頭看向青年，「艾斯特？」

「陛下……」

艾斯特張了張口，還沒說出些什麼，突然聽到隔壁病床傳來一聲：「裡面的安靜點，有什麼事出去說，大家還在休息呢！」

「對、對不起。」莫忘連忙道歉。

艾斯特突然垂首行禮，「那麼，請恕我失禮。」

「哈？」

還沒等她說出什麼，艾斯特已然動作迅速的將她抱起，緊接著直接從窗口跳了下去。

——又、又來？

就算已經在大庭廣眾之下來過這麼一次，莫忘還是真心不習慣這樣的待遇……不，或許是永遠也習慣不了。這是在鬧哪齣啊？

「等等等一下！」

她伸出手拍了拍艾斯特的胸膛，本想將其叫停，沒想到卻得到了這樣一聲回答：「陛下，您必須馬上接受治療。」

「……哈？」換作別人，莫忘會懷疑對方在罵自己，可這人是艾斯特啊，他不會無的放矢，難道說……她不自覺按住自己胸口，「我的身體出了什麼問題嗎？」

「您不知情？」艾斯特腳步未停，臉上卻浮現出了震驚的神色。

「我應該知道？」先前是焦急，現在是訝異，今天是艾斯特的變臉日嗎？不過，現在明顯不是關注這個的時刻，莫忘也是很驚訝的說：「可是我沒覺得有哪裡不舒服啊。」

艾斯特臉上的表情更加凝重，就在此時，身形驀然一轉，而後整個人停了下來。莫忘這才發現，不知何時對方已經將她帶入了一間明顯廢棄了的教室中。隨即，艾斯特不知從哪裡拿出了一條白色的布巾，將它鋪在因長期無人進入而積累了不少灰塵的書桌上，再小心翼翼的將她放到其上後，他單膝跪的，右手緊貼著心口，語氣謙恭又急切：「陛下，請允許我即刻為您治療。」

「……我知道了。」事實上，即使到了現在，莫忘也完全不知道自己生了什麼病，「但在那之前，你能先向我說明一下嗎？」連她自己都不知情，為什麼他知道的這麼清楚？

彷彿看出了對方心中所想，艾斯特低聲回答：「陛下，我聞到了您身上的血腥味。」

「什麼？」莫忘的心中泛起些許不好的預感，「血腥味？」

「是的。」艾斯特點了點頭，眼神中浮現出濃重的痛苦與愧疚，「明明我一直守護在陛下身邊，卻依舊讓您受到了這麼大的傷害，我……」

「好了！」眼看著再說下去這傢伙似乎就要切腹了，於是莫忘果斷的轉換了話題，「那開始治療吧！」

「是！」

話音剛落，艾斯特果斷伸出手，小心翼翼的掰開了莫忘的雙腿。

「……」等等，是不是有哪裡不太對勁？

艾斯特再抓住裙子，往上掀開。

莫忘：「……」

再……

「你給我住手！！！」莫忘用力一踹！

「砰！」的一聲巨響後，莫忘爆紅著臉、夾緊雙腿按住裙子，「你是要做什麼啊？！」

這已經不是治療而是非禮了好嗎！等等，血腥味……難道說？

可是，被她踢得撞翻了一堆桌椅的艾斯特卻是滿眼的無辜，他甚至顧不上自己身體的疼痛，只是連忙站起身走向莫忘，「陛下，請不要任性，如果不及時讓傷口癒合的話，會……」

「可那根本不是傷口啊！」沒錯，此刻的莫忘已經完全明白了所謂「傷口」的本體。

「？？？」

莫忘簡直被囧到不知道說什麼好，眼前這傢伙怎麼看都年紀一大把了，難道就沒有一丁點的生理常識嗎？就算是石詠哲，也不可能對此毫不知情啊！

「陛下？」

莫忘結結巴巴的說：「所、所以說……」

「？」

「那只是普通的……」

「？？」

「大姨媽啊！」說到這裡，莫忘的臉孔簡直快要冒煙了。

艾斯特怔愣片刻後，隨即露出了一副恍然大悟的眼神，「這麼說來……」

莫忘鬆了口氣。

「您是被親人所傷？」

莫忘吐血：「……喂！」

「？？？」

注視著雖然面無表情，但其實每一根髮絲都在散播著「我很無知」電波的青年，莫忘痛苦的一把捂住臉，「真是夠了！」

隨後，她從口袋中拿出手機，稍微搜索了一下後，將其遞到了他面前，「自己看！」

「……是。」

雖然還是滿頭霧水，但多多少少領會到自己似乎犯了錯的艾斯特，重又跪下身恭敬的接過手機，認認真真的看了起來。莫忘則是嘆了口氣，歪頭注視著他的表情。十來秒鐘後，艾斯特的臉上浮起了一層薄薄的紅霧，身體似乎也變得有些僵硬，如果不是莫忘一直盯著他，想必很難發現這一點。

片刻後，他有些尷尬的輕咳了聲，雙手舉起手機將其奉回莫忘手中，「陛下，真是萬分抱歉……請責罰我吧！」說完，他以卑微的姿勢整個人趴伏在了地上。

「……算了。」坐在桌上的莫忘俯下身拍了拍艾斯特的肩頭，示意自己並沒有生氣。因為這種事情而懲罰人，怎麼想都很奇怪吧？不過，艾斯特這傢伙明明看起來一副很可靠的模樣，結果連這種事情都不知道嗎？她突然覺得他略不可靠，但同時又隱約覺得有點可愛……這種複雜的心態是怎麼回事？

「不，都是我的錯，沒有事先弄清楚這個世界與魔界的差別，還差點給陛下您帶來了莫大的困擾……」

「等一下！」莫忘及時的喊了停，表情有些微妙的問道：「你的意思是，魔界的女性不會……」

「咳……」艾斯特再次輕咳出聲，點了點頭，「是的。」

「……」那還真是個幸福的世界！

「陛下。」

「什麼？」

「您給我的資料上說……」艾斯特欲言又止。

「嗯？」

他猶豫再三，終於問出了口：「您隨身攜帶了需要的物品嗎？」

「……」莫忘瞬間淚流滿面，帶是帶了，但是她裝在了書包裡啊，而書包還丟在醫務室中，「艾斯特……」

「？」

「能麻煩你去醫務室把我的書包拿來嗎？」

「我明白了！」艾斯特說完便站起了身。

「啊，還有！」莫忘有些無語的指了指自己的腳丫子，「還有鞋子，別忘了帶來。」沒錯，她是直接被艾斯特從床上抱起帶走的，所以鞋子也還丟在原地。

「是！」

說完這句話後，向來做事高效率的青年便立即離開了。

隨著門被關上時發出的一聲輕響，莫忘被獨自留在了廢棄教室中。也直到此時，她才有機會一邊晃悠著腳丫子，一邊仔細的打量自己所在的這間教室。

她現在就讀的這所學校歷史似乎挺悠久，因此學校內的建築多年間曾進行過無數次的擴建和改造，而這棟現在被用來堆積物品的大樓據說從前是教學樓。這麼看來，有廢棄教室也不是什麼奇怪的事情，不過這裡的桌椅與他們現在所用的款式完全不同。

就在此時，莫忘突然注意到，隔壁的桌子上似乎寫著些什麼字。

「是什麼呢……」她好奇心頓起。

但有句話怎麼說的來著？

對了，「好奇心害死貓」，這句話用在女孩身上是完全合適的。因為她為了看清那張桌上的字跡，不知不覺間從桌子中央一點點挪到了桌邊，再然後──

「砰！」

沒錯，她直接從桌子上滾了下去。

「咳咳咳……」

漫天揚起的灰塵中，莫忘一邊左右拍打著面前的空氣，一邊劇烈的咳嗽著。

還有句話怎麼說來著？

對了，「福無雙至，禍不單行」。就在一臉灰的女孩趴在地上淚流滿面的時刻，門突然從外面被打開了。

「誰在裡面？」

「！！！」

大概是因為「作賊心虛」，門被打開的那一瞬間，莫忘的第一反應就是找個地方躲起來，可惜周圍除了翻倒的桌椅再無其他，而且時間也已經來不及了。

她甚至連從地上爬起來都做不到，只能眼睜睜的看著來人走入了教室之中，而後……

穆、穆學長？

莫忘瞪大的眼眸中映照著少年的影像——不管從什麼角度看都帥氣異常的臉孔，雖然精緻卻並不顯女氣，身形與石詠哲相比要略纖細，卻並不瘦弱，很是頎長挺拔。此刻他一隻手尚保持著開門的動作，在那青銅色門把的映襯下，骨節分明的手指更是白皙修長，簡直像用象牙雕刻出來的工藝品。

大概是因為從前的那段經歷，每次看到這個少年，莫忘的心中就會湧起某種類似於「自慚形穢」的心理，彷彿稍微靠近一點都會被對方的光輝融化，所以她從來都是遠遠的看，完全沒有起過「想再靠近」之類的念頭。而她也同樣沒有想到，自己有一天會像現在這樣狼狽無比的出現在他面前——毫無形象的趴在地上，滿頭滿臉的灰塵，連鞋子都不知所蹤……

她沒有一刻比現在更希望面前有個洞。

——好想就這樣消失在他面前……不，最好在他進門前的那一秒就消失！

然而，女孩的願望注定不會實現。

幾乎在打開門的瞬間，穆子瑜的目光便落到了少女身上——並不是前者眼力太好，而是灰頭土臉的後者實在是太過顯眼。不知為何，女孩給了他一種微妙的熟悉感，似乎在哪裡見過一般，不過他對此並沒有多大的興趣，只是既然碰上了，就不得不說上幾句話。

「這位學妹，現在是上課時間吧，妳怎麼會在這裡？」

雖然是公式般的問話，一旦搭配上穆子瑜那溫和的微笑和天生柔和的聲線，彷彿能讓人從中感受出濃濃的關懷味道。

「啊？我……我……」但很可惜，腦子還處於卡殼階段的莫忘一如既往的沒抓住重點，她真的有心想解釋，卻又不知道該從什麼地方解釋起，於是不自覺的就犯了結巴，「我是說……我……」

過了一會兒，她終於理順了思路，鬆了口氣正準備說，才發現自己居然還趴在地上……

——都快被自己蠢哭了！

可是穆子瑜已經不想聽了，或者說他本身對此沒有半分興趣。話雖如此，他的笑容卻更加柔和了幾分，「不管怎樣，學妹，還是……」

他的話音頓住，目光無意中掃到了掉落到地上的白色布巾，因為女孩坐起身的動作，可以清楚的看到其上被鮮血暈染而出的痕跡。

——這是……

也許是這發展實在太出乎人的意料，所以即使是向來鎮定自若的穆子瑜，俊美的臉孔上也不禁浮現出些許異色。這種失態立即被一直注視著他的莫忘所察覺，她的眼神隨之落在了地上的布巾上。

「！！！」莫忘連忙將布巾一把扯起抱在懷中藏好，隨即只覺得整個人都不好了。

——為什麼這上面也會被沾到！居、居然在穆學長面前丟了這麼大的人……好想死……

就在此時，穆子瑜終於認出了女孩的「本體」，沒錯，那骯髒灰塵下所掩蓋的臉孔的確是他所熟悉的。如果沒有記錯的話，她應該是那位「石學弟」的青梅，兩個人的關係似乎很不錯，不僅愛在一起罰站，今早還一起主演了一齣甜蜜蜜的「滑稽劇」。

他本來只是聽到這邊教室有聲音，所以才過來查看一下，沒想到會看到這樣一幕。既然是青梅竹馬，那麼石詠哲想必很在意這個女孩吧？他一定不會想到……

穆子瑜注視著局促不安的女孩，也許是因為之前的「遭遇」，她滿身都是灰塵，連鞋子都不知道丟到了哪裡。此刻雙手緊緊的抱著懷中「恥辱」的證據，眼角閃爍著淚光，看起來可憐極了。

被迫失貞的少女嗎？如果那位石學弟看到這樣的情景，不知會做何感想？不，那樣也未免太無趣了。

從穆子瑜看到布巾再到此刻，時間也不過流逝了短短數秒，而他的臉上已重新掛起溫暖的笑意，「學妹。」

「啊、啊？什麼？」因為丟人而羞愧到不想見人的莫忘呆呆的抬起頭，灰敗而難堪的臉色更加印證了穆子瑜的猜想。

「這間廢棄教室雖然很少人來，但一樓的洗手間是好的。」

「呃……」

「可以的話……」穆子瑜緩步走近女孩，在適宜的距離停下來後，彎下腰將一塊手帕遞到她面前，「去擦洗一下吧。」

「……」穆學長果然是個好人！只是……莫忘本想伸手去接，結果卻發現自己的手心也全是灰，她依依不捨的看了眼面前那塊潔白無比的手帕，想了想，最終還是搖了搖頭，「學長，謝謝你，可是不用了……」

「嗯？」

「我……我太髒了……」萬一用了後洗不乾淨怎麼辦？

「不髒哦。」穆子瑜伸出手。

下一秒，莫忘只感覺一個溫暖的觸感落到了自己臉頰上，它輕柔而仔細的來回摩擦著，一下又一下……她呆呆的抬起頭，正對上穆子瑜如同初日般滿是溫暖色彩的眼眸，足足愣了十幾秒，才後知後覺的發現對方正在用手帕幫她擦臉。

……什麼情況？

正常情形下這種時候應該心跳加速才對吧？可是不知道是不是她的腦回路出了問題，她此刻只想拿腦袋撞旁邊的桌子，以確定這到底是夢境還是現實。

片刻後，穆子瑜停下了動作，緊接著抓起她的手，將手帕放入其中，笑彎了雙眸，「這樣就乾淨了。」

「……」

「不僅不髒，還很可愛哦。」

「……」莫忘嚥了口唾沫，「穆、穆學長……」

穆子瑜微笑看她，「什麼？」

「那個，稍微讓一下好嗎？」

這個發展無疑讓穆子瑜愣了下，但他臉上的笑容分毫未變，只是站直身體彬彬有禮的讓了開來，隨後只見女孩居然抱住旁邊的桌子一頭撞了上去。

「……」自、自盡？

「啊，果然會痛。謝謝你，學長。」莫忘確定了，果然這是現實，而穆學長也是個超級無敵大好人！

「不……客氣。」穆子瑜的嘴角隱約抽搐了幾下。

——刺激過大以至於精神出問題了嗎？

其實這種說法也沒錯，正常情況下莫忘只需要給自己一巴掌就好，可惜在被自己的「男神」親密對待後，她的智商狂掉了幾十點。

隨後，自覺目的已達成的穆子瑜用溫和的語氣向莫忘道別，而後者對此也非常配合。可惜的是，兩人都不知道——從頭到尾他們的腦電波就沒對上過。

又過了幾分鐘，艾斯特歸來。他不僅帶回了莫忘的鞋子和書包，甚至替她弄來了一整套乾淨的衣服，用他的話說就是「為陛下提供各種所需物品是屬下的職責」。

急著把自己弄乾淨的莫忘當時沒多想，而在整理好一切後才發現，艾斯特居然跟個變態似的守候在洗手間門口。

也直到此時，她才終於意識到了哪裡奇怪，為什麼艾斯特會隨身攜帶她的全套衣物啊？不管怎麼想都太不對勁了吧喂！

不僅如此，他還——

「請您無須擔心，我已經從圖書館借來了相應的書籍。」

「……哈？」

艾斯特手持著一本書鄭重起誓：「今次是屬下的失職，但從今以後，這樣的事情絕不會再次發生。」

莫忘默默的看了眼他手中的書，發現書封上寫著這樣幾個大字：女性經期調理手冊（附食譜）。

「……」

——麻麻救命！這裡有個變態！

就這樣，女孩虛弱的扶住牆，整個人簡直都斯巴達了，可身邊這傢伙居然還一本正經的補刀：「陛下，您是感覺到了書裡所提到的無力感嗎？那麼需要……」

「不，完全沒有！」莫忘緩緩嚥下喉間那口幾乎吐出的鮮血，毅然的轉換話題：「說起來，格瑞斯之前是發生了什麼事？嚴重嗎？」

算她拜託了，艾斯特，趕緊忘記這件糟心的事吧！

作為一名合格的好下屬，艾斯特在此時表現出應有的素養，只見他微微躬身回答：「只是格瑞斯進入學校時引起了一些小騷動，並不算嚴重。」

「他來學校做什麼？」她的心頭泛起些許不好的預感……

「準確來說，他現在已經成為了這所學校的職員。」

「……」她就知道！就算對艾斯特有執念，用得著連這個都要學習嗎？莫忘悲哀的覺察到，從今以後自己的校園生活恐怕會變得更加混亂了。

「啊，對了，他的工作是什麼？」

本來莫忘只是隨便找了個話題，可一旦問出了口，她發現自己居然還真的挺好奇。如果說艾斯特當體育老師還勉強不算違和的話，格瑞斯那傢伙和「教師」這種職業怎麼看都不相稱好嗎？

誰知道，艾斯特可疑的停頓了片刻後，如此回答：「陛下，這件事由格瑞斯親自告訴您如何？」

莫忘瞬懂了他的意思。的確，如果讓那傢伙知道艾斯特奪去了他「炫耀」的機會，八成又是一番天翻地覆。所以說，他都一大把年紀了還那麼幼稚真的沒問題嗎？

★◎★◎★◎★◎

此時，也差不多到了放學的時間，莫忘非常自覺的去醫務室「接」了自己的小竹馬。

照徐醫生的說法，雖然不幸的摔到了地上，但石詠哲腰部的傷情並未因此而加重。莫忘覺得不管怎樣真是太好了，畢竟是自己睡覺時把他踹了下去，如果真怎樣她會內疚死的；只是，石詠哲似乎還是很生氣，不僅臭著一張臉，連看都不樂意多看她一眼。

莫忘表示自己很無語：「我不是都和你道歉了嗎？」

「……」

「你到底是有多小氣啊？」

「……」

「石詠哲！」

「……囉嗦！」

其實他自己也很糾結啊！哪怕過了一下午的時間，他也還是沒有辦法和她目光相對好嗎？因為只要一看到她的臉，就會情不自禁的想到之前的情形，然後……

石詠哲不自覺的拉了拉衣領，明明都秋季了，為什麼天氣還這麼熱？

徐醫生笑咪咪的送他們離開，「明天記得繼續來治療。」

「好，沒問題！」她和這個小氣的傢伙不一樣，她可是很大方的。

石詠哲：「……」

回家的路上，依舊是少年與少女兩人同行。即便艾斯特的身分已經曝光，但他似乎還是更習慣在暗中保護陛下。對此，莫忘雖然囧，但考慮到老師和學生走在一起的確非常奇怪，也就沒有再堅持了。

就在兩人走出校門時……

「學妹！」

「……」這熟悉的聲音……她還是裝作什麼都沒聽到比較好吧？

「莫學妹！」聲音再次響起。

「……」莫忘默默的加快了走路速度。

「那邊那位差點從樓梯上倒下去的學妹！」

「……」莫忘無奈的轉頭，因為再不這麼做的話，誰知道對方會說出什麼更坑爹的話。

沒錯，喊她的人正是陸明睿。

雖然明知如此，在真正看到對方的剎那，莫忘還是吃驚了。原因無他，那位奇奇怪怪的陸學長居然一手搭在穆學長的肩頭，笑嘻嘻的用另一隻手朝她揮舞著。

——原來他們認識啊，而且似乎關係還不錯。

——不過，穆學長和那種奇怪的人在一起真的沒問題嗎？小心被傳染啊！

其實，有些驚訝的並不只她一人，早在陸明睿喊出第一聲時，穆子瑜就略顯訝異的挑了挑眉，問道：「你什麼時候和她有接觸了？」那份調查資料還是對方拿給他的，認識並不奇怪，只是……

「秘密！」陸明睿學著好友早上的模樣，晃了晃手指，神秘兮兮的說道。

「……」

「想知道也不是不可以，拿你的秘密和我換怎樣？」陸明睿一手搭上身旁好友的肩頭，笑得有一點小狡猾，然後一邊說著，他一邊伸出手朝女孩揮舞著，「保證公平交易，童叟無欺！如何？」

「我拒絕。」

「哎？你也太小氣了吧……」

陸明睿才嘆了口氣，就見身旁這傢伙居然人模狗樣的朝對面的妹子笑了笑。幾乎是同時，女孩的臉紅了，眼神左右飄移，彷彿要立即找一個洞把自己藏起來。

「……喂喂，不是吧？」陸明睿收回手捂住心口。沒錯，他受打擊了——這傢伙到底有什麼好的？怎麼是個妹子就吃這一套？

「呵。」穆子瑜以這樣一聲輕笑回應了對方的話，眼眸卻冷冰冰的——因為類似這樣的情景，他已經看得太多了。眼神也好，語言也好，行為也好……明明根本不瞭解他，卻能夠輕易的生出那種不切實際的好感。膚淺也許不是罪，卻會引人厭惡。

遺憾的是，這兩人都誤會了，莫忘此刻所想的是：怎麼辦？只要一看到學長的臉就會想起大姨媽。對不起，學長！短時間內已經無法再看你了！

不，誤會的也許不僅是兩人。

眼看著小青梅被小白臉一個笑容弄紅了臉，怒極攻心的小竹馬爆發了！他一把扯起女孩的手腕就把她拖走了。

莫忘被他嚇了一跳，「喂，你做什麼？」

「閉嘴！」

「凶什麼啊！」

「哼！」

「嘖嘖，簡直像是護食的小狗似的。」注視著那一幕，陸明睿噴笑出來，用手肘戳了戳自己的朋友，「說起來，那位石學弟到底是怎麼得罪你了？」再怎麼說也是朋友，真情還是假意他分得非常清楚，不用猜也知道身邊這傢伙的真實目的。

「誰知道呢？」穆子瑜漫不經心的回答，心中卻惡趣味的想著，如果那位石學弟知道了今天發生在女孩身上的事情，還會像現在這樣嗎？還是說……

「說句實話會死嗎？」

「會。」

陸明睿無語：「我說你……」

★◎★◎★◎★◎

且不論這對「好基友」之後又發生了怎樣的談話，也許是白天已經將霉運全數用完的緣故，青梅竹馬二人組才剛回到家就分別得到了一個驚喜。

「放學了？」中年男人笑著從沙發上站起身，對站在門口的兩人招了招手，「還愣著幹什麼？進來了。」

莫忘滿臉驚喜的小跑了過去，「石叔，你什麼時候回來的？」

被稱為「石叔」的男人摸了摸女孩的腦袋，「剛進家門。」

沒錯，這位就是剛結束工作回到家中的石家爸爸。在對女孩噓寒問暖了片刻後，他才看向站在門邊的少年，「怎麼，連老爸都不認識了？」

「嘖。」石詠哲扭頭輕哼，「你還知道要回來嗎？」

「臭小子……」雖然嘴中這麼說，男人卻沒有多少生氣的意思，只是走上前一把勾住少年的脖子，按住腦袋就是一陣猛揉，「說！我不在的時候有沒有欺負小忘？」

石詠哲拚命掙扎未果後，無語凝噎：「……你真的是我親爸嗎？！」

不得不說，雖然是父子，雖然長相同樣英俊，但石詠哲和石叔的長相真的不太相像。有句話叫做「男孩像媽」，放在石家是非常適用的。不過大多數人只要看一眼，就會明白兩人之間的親緣關係，原因無他——石詠哲雖然長相更像母親，卻完美的繼承了父親那雙漆黑而有神的漂亮眼睛。

石叔聽見這話也不生氣，只是大笑了幾聲，然後再繼續揉石詠哲的腦袋，「哈哈哈！這要問你媽才成！」

「……」

莫忘靜靜的注視著父子兩人玩鬧的情形，不自覺間手微微縮緊。其實，她真的一直很羨慕石詠哲，並不是因為他那綜合了父母優點的長相，也不是因為他的頭腦，更不是因為他的運動細胞，而是……石叔和張姨一直都陪伴在他的身邊，雖然偶爾也會暫時性的離開，但一定會回來。

而且，此刻的她真真切切的感覺到，他們三人是真正的家人。

家人即便離別再久、分隔再遠，只要再次相見，就可以像現在這樣肆無忌憚的、親密的打鬧著。

真好……

看著看著，莫忘突然覺得自己的鼻子有點酸，就在此時，身後有人叫她：「忘忘。」

她連忙吸了吸鼻子，如平時一般笑著回頭，「張姨？」

「過來。」雖已到中年卻依舊十分優雅漂亮的女人朝她招了招手，臉上滿是喜氣。

「？」

雖然有些疑惑，但莫忘還是走了過去，緊接著，她也得到了一份「驚喜」。

莫忘看著手中的東西，「……張姨，我先回去了！」

「去吧去吧。」

就這樣，莫忘連書包也忘記了拿，直接跑回了自己的家中。

客廳中正拚命抵抗自家老爸「蹂躪」的石詠哲不自覺停下動作，注視著莫忘的背影，「她是怎麼了？」

張姨走過來一手提起他耳朵，質問：「說，今天在學校有沒有欺負忘忘？」

石詠哲：「……妳真的是我親媽嗎？」

「那要問你爸！」

「……」少年心想：你們夠了！還敢更不負責任點嗎？

而此時的莫忘，正跪坐在沙發上，手中緊抓著電話，臉上是抑制不住的燦爛笑顏。也許是因為太過興奮的緣故，她足足按錯了三次號碼，才終於撥出了那雖然很少打、卻已經在心中默記了無數次的數字。

「嘟……」

「嘟……」

等待的時間似乎是那樣的漫長，以至於莫忘在這期間一遍遍的翻看著手中的診斷書，又一次次的確認著診斷書上的結果。她又喜悅，又忐忑，彷彿害怕自己哪裡看錯，以至於空歡喜一場。

不，不會的。

她猛的搖了搖頭，明明張姨都已經確認過了不是嗎？她的的確確是恢復了健康，再也不會成為爸爸媽媽的累贅了。

然後，她的家人會回到她身邊，他們也會像從前那樣的生活著，一定是這樣沒錯吧？

「小忘？」

電話終於接通了，對面傳來了一聲好像剛從睡眠中醒來的嘶啞女聲。

「……」

這是怎麼了？明明那些想說的話語都滿到快從心口跳出來了，可真正聽到媽媽的聲音時，莫忘卻發覺自己一句話都說不出。

「小忘？」

「怎麼了？是小忘的電話？」對面又傳來爸爸的聲音。

「不知道，打來了沒人說話，打錯了吧？」媽媽說道。

「那掛掉吧。」

「嗯。」

——不行！這樣不行！不要掛斷啊！

莫忘的心中湧起了一股強烈的急切念頭，在這種心理的迫使下，她終於成功的發出了聲音：「媽媽！」

「……小忘，真的是妳？」

「嗯，是我。」

一旦說出了第一句話，接下來的話似乎就順理成章。

「是錢不夠用了？」

莫忘連忙否認：「不，不是的，我……」

「又是家長會的事情嗎？媽媽之前和妳說過了吧？我和妳爸爸的工作都很忙，妳拜託隔壁的石叔叔、張阿姨去好嗎？」

莫忘答應著：「……嗯，媽媽，我……」

「好了，爸爸媽媽還有事，就暫時說到這裡吧，妳如果有事就打電話給我們。」

「……」

——我現在就有事啊！可是媽媽，妳為什麼不聽我說？

「那我先掛……啊，對了，小忘，有件事告訴妳，今年過年我和妳爸爸可能不能回去陪妳哦。」

「……過年都不能回來？」莫忘愣住。

「是的。」

「可是，你們之前答應過……滿十六歲的生日，一定會陪我一起去……」

那邊的女聲已經有些不耐煩了：「好了，小忘，不要任性。」

「……」

「爸爸工作很忙，媽媽即使懷了孕都還要上……」

對面的話音戛然而止。

「懷……孕？」

緊接著，對面突然傳來了男性的聲音：「小忘，妳聽爸爸說，妳媽媽的確有了孩子，但那絕對不表示我們不要妳，明白嗎？我們只是……」

「我知道的。」

——你們只是想要一個健康的孩子……

「小忘……」

「我都知道的。」

——可是爸爸媽媽，我的身體已經恢復健康了啊……

「……其實……」莫忘一手捂住胸口，連連深吸了好幾口氣，終於讓自己微顫的聲線平定下來，「爸爸媽媽，我一直想要個小弟弟小妹妹，現在真是太好了，我很高興。」

彷彿為了證明自己話語的可信度，她笑了兩聲。

眼淚卻掉了下來。

——可是，你們為什麼不要我？

第七章

魔王陛下不可能傷心

不記得之後爸爸又說了些什麼。

也不記得之後自己又回答了些什麼。

從某一秒起，女孩的時間彷彿就停滯住了。整個人像是被裝進一個無聲的箱子中，眼前一片模糊，什麼也聽不見、什麼也看不見，只有心頭那不時湧起的些微心痛證明著……她還活著。

但是，即便如此，她也是不被需要的。

如果是這樣，她存在的意義又是什麼呢？

「陛下，我回……」

「陛下，是我先到家……」

兩名青年的話音戛然而止。

莫忘下意識的抬起頭，「回來了啊？」

「陛下……」

「怎麼了？」艾斯特和格瑞斯同樣震驚的眼神讓莫忘疑惑的歪了歪頭。

「您……」驚愕與擔憂讓艾斯特一時之間幾乎說不出下面的話，他手足無措了，因為根本不知該做些什麼才能讓她停止哭泣。

相較而言，僅到來不到一天的格瑞斯似乎沒有那麼多顧慮，他動作迅速的跪在女孩的面前問道：「陛下，是什麼人冒犯了您？」

「冒犯？」

「請安心。」紫髮青年如起誓般鄭重的說：「讓您流淚之人，我必讓其用鮮血洗刷罪孽！」

「流淚……」莫忘下意識的摸了摸臉，「我……哭了？」直到此刻，她才發現自己的臉上濕漉漉、涼瑟瑟的，「什麼時候的事情？」

「……」格瑞斯驚訝的回頭看了眼同伴。

「陛下……」艾斯特不明白究竟是怎樣的傷心，才能讓一個人不知道自己居然在哭泣。到底該怎麼做，才能讓她不再流淚呢？哪怕那方法必須付出他這條生命。

莫忘突然從沙發上站起身，用袖子快速的擦去臉上的淚痕，堪稱粗魯的動作間，釦子在她的臉上掛出了幾道紅痕。

「我要出去一趟。」

說話間，她快速的越過兩位青年，走到門邊，一把將門拉開。

她頭也不回的說道：「不許跟過來。」

「陛下？」

「陛下……」

「這是命令！」莫忘的聲音猶帶哽咽，卻又包含了某種不容置疑的斷然。

「咚！」

這樣一聲輕響，將莫忘與青年們完全隔開。

莫忘背靠著門，淚水在眼眶中轉了轉，不自覺又掉了下來。她連忙深吸了一口氣，咬牙拚命的壓抑住哭泣的欲望，再次用袖子擦了擦臉。

就算想哭……在這裡……不行！

她轉過身朝外面跑去。

就在這時，旁邊的門突然打開，石詠哲嘆著氣從屋中走了出來，卻正好看到莫忘跑出的身影，連忙喊道——

「喂，妳去哪裡？」

「莫忘！」

「……」

——到底是怎麼了？跑得那麼急。

——而且……

石詠哲微皺起眉頭，錯覺嗎？一閃而過的瞬間，他似乎看到了她在……

★◎★◎★◎★◎

見身後的人沒有追上來，莫忘微微鬆了口氣，放緩腳步，直到走出這片住宅區，她終於不再抑制淚水的流淌。

不可以在家裡流淚，因為艾斯特和格瑞斯會看到。

不可以在過道裡流淚，因為石叔、張姨和石詠哲會看到。

不可以在社區裡流淚，因為熟悉她的居民會看到。

哪怕在外面，也不可以肆無忌憚的嚎啕大哭。

因為那樣的話……

簡直就好像在求別人「快來安慰我吧……我真的好難過……」一樣。

好丟人。

她做不出那樣的事情——先向他人展示自己的淒慘，而後乞求來溫柔的撫慰。

那樣根本一點用都沒有！什麼都解決不了！

如果連世界上最親密的家人都不要她，她又有什麼資格去請求他人的關懷呢？

明明……

她是不被需要的。

夕陽時分，漸漸寂靜的街道上，莫忘就這樣乖巧而安靜的坐在路邊的長椅上，一陣秋風拂過，她身側的梧桐樹上墜下幾片落葉，輕輕的敲打在她的肩頭。

這幅色彩濃豔卻又清冷的畫卷似乎很有意境，以至於不少路過者情不自禁的看了又看。

可是，卻沒有任何一人發現女孩其實在流淚。

因為她是那樣悄然無聲。

莫忘一點點的捏緊漸漸變濕的裙襬，哪怕現在就這樣消失，也不會有任何人在意吧？

那麼，誰都好，讓她消失吧！

而在不遠處的另一側——

「喀嚓！」

這樣一聲輕響自青年的手中發出，他下意識側首，原來不知何時，自己直接用手將牆上的磚塊捏碎了。

「……」

「我說，還是過去吧？」身旁的紫髮青年直接說出了這樣的話語，「陛下的樣子看起來有點奇怪。」

「……不可以。」哪怕非常想也不可以，因為——「陛下的命令是絕對的。」

她說過「不許跟過來」，像這樣在不遠處看著，其實他已經算是僭越，若再進一步……

「如果我堅持要過去呢？」

「格瑞斯。」艾斯特握緊手掌，身上驀然散發出某種冷凝的氣場，「你是想違反陛下的命令嗎？」

面對艾斯特這樣的反應，長期與之作對的格瑞斯不僅不害怕，反而說道：「如果我說是，你想怎樣？」

「那麼，即便需要折斷你的手腳，我也要維護陛下的權威。」他還是不知道究竟怎樣才能讓女孩不再哭泣，但至少可以達成她的每個心願。

「你是認真的？」格瑞斯有點驚訝，向來對和自己打鬥不太感興趣的艾斯特居然主動要出手，簡直是太陽從西邊出來了。

「嗯。」艾斯特冷冷的應了一聲，「你不是一直想向我挑戰嗎？」

格瑞斯卻雙手環胸，重新靠回了牆上，「果然還是算了。」

「……」

「這種情況下，即使贏了你，也沒什麼值得驕傲的。」

「……」

艾斯特沉默了片刻後，緩緩的呼出一口氣，重又轉頭看向女孩所在的方向。他已經失態到連格瑞斯都懶得與己為敵的地步了嗎？

「陛下……」

就在此時——

「呼……呼……」石詠哲氣喘吁吁的奔跑在黃昏的街道上，不停的朝左右張望著，口中輕聲抱怨，話語中是散不去的濃重擔憂，「那個笨蛋，跑到哪裡去了？」

在此之前，哪怕只是擦肩而過，他已經注意到了莫忘的反常，回到家中越想越不對勁。之後，坐在沙發上的笨蛋老爸突然開口說：「猶猶豫豫的男人，活該一輩子都泡不到妹子！」

石詠哲：「……」

「你爸爸就是這樣。」老媽走過來補刀，「所以成了大齡剩男，最後被我泡了。」

石詠哲：「……」

石爸不以為恥、反以為榮道：「所以，雙方之中至少要有一個人主動，否則……」

石媽微笑著繼續補刀：「注定單身一生哦親！」

石詠哲：「……」有這樣做父母的嗎？

「吵死了！」留下了這麼一句話，他就直接跑出了家門，而後到處尋找起那不知道把自己弄丟到哪裡、以至於撿不回來的小青梅。

但是……

沒有！

沒有！

到處都沒有！

街角，屋簷下，狗洞……最後一個應該明顯不會在吧？她鑽不進去……

找了一條又一條街道，他終於在某條街邊的長椅上，看到了那個熟悉的身形，少年不禁鬆了口氣。

什麼嘛，居然在那種正常的地方。

小時候明明捉迷藏最喜歡鑽些奇奇怪怪的地方……

轉眼間，他們都長大了，也發生了各種各樣的變化，但是他突然發覺，這其實是很正常的事情吧？

沒有人是永遠不變的。

只要最重要的東西沒有發生變化，就一定沒關係。

是這樣沒錯吧？

而且，就算她身上發生了他所不知的變化也沒關係，把那些「不知」變成「已知」就好，因為從頭到尾，他都從未想要疏遠她，恰恰相反，他一直想要離她更近，可惜總是找不到合適的方法，還經常弄巧成拙……

如此想著的石詠哲快速的越過馬路，朝莫忘所在的位置走去。

然而，就在這時，意外發生了！

已經走到街道正中的石詠哲驀然停下腳步，單手捂住左邊胸口；片刻後，他再次恢復了行動，嘴角卻緩緩勾起一抹笑容。

他腳步越行越快。

很快，他到達了莫忘的附近，一把撿起地上的枯枝。

「魔王！」說完，他便朝對方直衝而去！

「……」莫忘被驚得抖了一下，手下意識的就想舉起，卻在下一秒，強行壓抑住了這舉動——她用左手抓住右手，用盡渾身的力量讓它們緊緊的壓在膝上。

為什麼要反抗呢？

對，已經不需要了。

少年動作間帶出的急促風聲，響徹在莫忘耳邊。

她幾乎可以想像「劍」斬落時帶來的疼痛，然而，她卻只是緩緩閉上雙眼。

能成功的消滅「魔王」的話，「勇者」一定會很開心吧？那麼，是不是意味著她的存在終於有了自己的價值呢？

如果是這樣的話……

就這樣讓她消失吧。

「陛下！」

「不好……」

發覺到不對勁的艾斯特快速的朝莫忘所在的位置跑來。

可惜已經太遲了，那柄「勇者之劍」已然落到了莫忘的頭頂！

「納命來！！！」

莫忘閉著眼，心中無聲的說：嗯，好的。

她曾聽說過，人死前會經歷一段靜默期。

在那期間，一切都會變得很安靜、很安靜，在那與塵世隔絕的靜謐中耐心等待，就會聽到翅膀揮舞的聲音，那是死神的使者到來的訊號。

所以，現在的寂靜是正常的吧？

抑或是——

「為什麼不還手？！」

「……」莫忘睜開眼眸。

勇者滿臉憤怒的質問著，他雙手中握著的「劍」穩穩的停在離她頭頂約一公分的高度。

「說話啊！妳為什麼不還手！！！」

「你又為什麼要停手？」明明直接就可以把她打敗的。

「妳是在侮辱我嗎？」勇者怒氣衝衝的一把丟掉手中的樹枝，「我身為勇者，當然要堂堂正正的擊敗魔王，怎麼可能對手無寸鐵的妳動手！」

莫忘愣了下，隨即彎腰撿起地上的樹枝，稍微晃了下，「好了，我手裡拿著武器，你動手吧。」

勇者卻更加憤怒了：「妳是在歧視我的智商嗎？！」

「……」即使是這種情況下，莫忘也很想說——前提是你真的有那玩意吧？

「妳現在這樣根本沒有讓我動手的價值！」

「……」

妳沒有價值……

沒有價值……

沒有……

「是。」莫忘抿緊唇角，手心緩緩捏緊，堅硬的樹枝磕得她生疼，但身體中有個地方比那裡更疼，「我沒有價值。」

「……」

「既然這樣的話，就讓我消失啊。」

勇者呆住，「妳……」

「為什麼要停手？」莫忘站起身，第一次毫無顧忌的朝勇者怒吼出聲，「動手啊！讓我徹底消失啊！既然認為我沒有價值，為什麼還要讓我存在於這個世上？！」

——為什麼不在最開始就讓我消失？

——因為突然發覺沒有價值就放棄掉……這樣實在是太差勁了！

彷彿要一口氣把內心的痛楚發洩出來，這叫聲是那樣聲嘶力竭，以至於她劇烈的喘息了起來。

同樣，隨著這聲叫喊，本已漸漸乾涸的淚水再度決堤。

「妳……」勇者被這突發的情況弄得手足無措了起來，「妳別哭啊！我不是還沒打到妳嗎？」到最後，他甚至結巴了起來，「而、而且，哪有、有、有主動讓人打的魔、魔王啊，太奇怪了！」

勇者煩惱極了，他在原地抓耳撓腮了片刻，不知想到了什麼，突然轉身就跑。

「……」果然，她是沒有價值的。

莫忘燃燒著烈焰的眼眸黯淡了下來，其中的火光漸漸熄滅，再過一會兒，也許連餘溫都不會再有。

就在此時，附近突然傳來了孩童們此起彼伏的尖叫聲。

或許是因為一直做著好事的緣故，莫忘不自覺的朝聲源處看去，緊接著，她看到了一幕讓自己終生難忘的景象。

她的小竹馬正一邊躲避孩童們扔出的石子，一邊拚命搶奪他們手中的棒棒糖。

很快，他抓到了一大把棒棒糖，而後撒腿就跑了回來。

「呼……呼……那群小屁孩真是越來越難搶了……」傳說中總是代表正義的勇者大人單手撐著膝蓋站在莫忘面前，一邊喘著氣，一邊說著這樣毫無羞恥心的話。說完，他一把將手中的棒棒糖遞到莫忘的眼前，「拿去！」

「……」即便是陷入極端情緒的莫忘，也被這舉動深深的震驚了，半天才反應過來，不可置信的指著自己，「給我？」

「妳八成是那什麼……魔力枯竭了？吃吧，吃了就有魔力了。」

「……」不，這樣反而會降低魔力吧？

「別誤會！」勇者輕哼一聲扭過頭去，「我可不是在幫助妳，我只是想堂堂正正的打敗妳而已！」

「……」莫忘無言。石詠哲就算精神分裂了，彆扭起來還真是與平時毫無差別。

「所以，別再說什麼沒有價值的話了！」勇者站直身體，動作十分酷跩的指向莫忘——如果他手中捏的不是棒棒糖的話——大聲說道：「明明是有的！妳的存在價值就是被本大人打倒！」

「……我的價值？」

「沒錯！聽好了，能打倒妳的人只有我。」勇者再一次強調道：「所以說，在被我打敗之前，妳不能被任何人、任何事打倒！」

「……」

「魔王可是很強大、很可怕的存在……」勇者猛的扭過頭去，嘟嘟囔囔的發出了模糊不清的話音：「別哭了。」

「什麼？」莫忘一時沒有聽清楚。

「……」勇者黑臉，「妳故意的嗎？」

「……我是真的沒聽清楚。」

「都說了！」勇者猛的抓過少女的手，強行將棒棒糖塞了過去，緊接著不知從哪裡找出一條手帕，上前一步往她的臉上一頓猛蹭，「既然是魔王就別動不動的流眼淚啊！一點都不霸氣！」

「……」她從來就沒想過要霸氣好嗎？

「打起來都沒有一點手感。」

「我說——」莫忘一手抓住勇者的手腕，「你到底把魔王當成什麼了？」

「囉、囉嗦！」勇者連忙抖手腕，把手帕糊到莫忘臉上後，後退了幾步，一臉擔憂的看著自己的手，「我居然被魔王觸碰了，不會爛肉吧？！」

「喂！我說你啊……」至於嗎？從小到大不知道被她碰過多少次，小時候據說還一起洗過澡，也沒看到他身上哪裡爛了啊！

「什麼？」

「……算了。」莫忘鼓了鼓臉，捏緊手中被擦得有些濕潤的手帕，輕咳了一聲，小聲的說道：「不管怎樣……謝謝你。」

「哈？妳說什麼？」勇者似乎沒聽清楚。

「……你故意的嗎？」是對剛才行為的報復？問題在於她剛才是真的沒聽清楚啊！

「我是真的沒聽清楚，再說一次啊！」

莫忘扭頭，「不要。」

「喂！妳這狡猾的魔王，看我……」

「石詠哲！」莫忘突然如此叫道，並且微微的朝竹馬湊近。

「做、做什麼？」勇者結結巴巴的說道，有點想後退，不知為何又停住了腳步。

緊接著，他看到女孩對他露出了一個笑臉——並不是什麼非常漂亮的笑容，因為臉上還滿是淚水流過的痕跡，但是……但是……

勇者一把捂住胸口，毫無疑問，被靜靜安放在胸部深處的器官，在這一秒快速而有力的跳動了起來，並且有越來越快、甚至從口中跳出的趨勢。

好奇怪……

他結結巴巴的說：「魔、魔王，妳到底對我施展了什麼邪惡的魔法？」

莫忘愣住，「哈？」

「少、少耍花招！看我我我我……」

「我什麼？」莫忘歪了歪頭，疑惑的問道。

「我下次再來打倒妳！！！」

說完，勇者落荒而逃，才跑沒多遠腳步一個踉蹌，隨即狼狽無比的就地一滾，腦袋居然撞到了樹幹。

「……噗！」莫忘終於無可抑制的笑出聲來——這傢伙真是太蠢了！

不遠處，兩位青年注視著又恢復了笑顏的女孩，不約而同的鬆了口氣。

「陛下……」艾斯特終於鬆開了一直緊捏著的掌心，不管怎樣，真是太好了。雖然那笑容並非是他親手取回的，但即便如此，他也心滿意足。

「明明是先來的，卻居然被勇者做了該做的事情，真滑稽。」格瑞斯輕哼了一聲，「艾斯特，這都是你的錯。」

「如果你堅持如此認為，我也毫無辦法。」

紫髮青年很不客氣的如此評價自己的同伴：「只會聽從命令的死板男人！」

「這是身為守護者的職責。」

「如果命令是錯誤的呢？」

「格瑞斯，慎言！」艾斯特皺起眉頭，「我們沒有任何資格去質疑陛下的命令，她所說的，就是必須達成的絕對事項。」

「就算讓你去死？」

即使面對這樣的詰問，銀髮青年也只是一臉鎮定的按住自己的胸口，淡定的說道：「從成為守護者的那一天起，這條性命就已是陛下的物品，不管怎麼使用都是她的自由。」

「那麼，如果陛下命令你殺了她呢？」

「格瑞斯！」艾斯特已然有些發怒。

「怎麼，陛下最衷心的守護者～」格瑞斯輕嗤了一聲，挑釁道：「不敢回答嗎？你會動手嗎？不，應該問——你能動手嗎？」

艾斯特沉默了片刻後，終於開口回答：「……我會遵循命令。」

「……」

「但是，無論去往什麼世界，我都必將一路追隨陛下。」

得到了這樣的回答，紫髮青年卻只是嘆了口氣：「還真是符合你性格的回答。不過，艾斯特，別怪我沒提醒你。如果你不戒掉這種無用的固執心，總有一天會因為它而失去某些重要的東西。」

艾斯特卻只是搖了搖頭，彷彿沒有把對方的話放在心上，表情更是沒有一絲波動，「與陛下相較，任何東西都不值一提。」所以不管失去什麼，他也不會有絲毫的猶豫和動容。

「隨便你。」他又不是這傢伙的朋友，為什麼要為這種事情擔心啊？

就在此時，莫忘也終於忍無可忍的揍了坐在地上數落「魔王之罪惡」的勇者。這一次，後者沒有再暈過去，不過一個愣神的工夫就回復了正常狀態，而後他似乎想到了什麼，紅著臉扭過了頭。

「沒事，我都習慣你這傢伙丟臉了！」莫忘似乎完全理解了對方，於是如此說道。

「誰、誰丟臉了？」

「你啊！」

「……」石詠哲想淚奔。好吧，他的確又丟人了……

因為處於「勇者」狀態時，他腦子中只會想著一件事——去挑戰魔王。而其他行為都是在為此付出努力，但即便是那種情況下的他，也依舊……

石詠哲不由得想起莫忘哭泣的容顏和最後的那個笑容……

雖然並不好看，但他還是希望她能一直笑著的。

而且，更為重要的是——

「妳不是一個人。」

莫忘歪頭問：「什麼？」

「吵死了！」石詠哲拍拍屁股站起身，毫無預兆的伸出手抓住女孩的手臂，將她朝家的方向拉去，「回家了，老爸老媽還在等我們呢！」

「……」

石詠哲嘟嘟囔囔的數落：「真是的，一個兩個都這樣，一天到晚只知道問我有沒有欺負妳，妳其實才是他們的親生女兒吧！」

「……」

「前兩天還……」

聽著對方有點拙劣的安慰話語，莫忘不自覺的笑彎了眉眼，突然開口說：「石詠哲。」

「什麼？」

「我……其實叫你哥哥也可以的吧？」反正就某種意義上來說，石叔和張姨也是她的乾爸乾媽。

「……絕對不行！」這難道就是傳說中的「願天下有情人終成兄妹？」除非他死！不，就算是死，這種事情也絕不能接受！

「……」莫忘白眼。說好的安慰呢？

★◎★◎★◎★◎

黃昏的街道上，少年單手插在褲袋中，另一手則牽著身後的女孩。街道兩側的梧桐葉依舊在秋風中徐徐墜落，散落在兩人肩頭。後者時不時伸出手，似乎想要抓住一片落葉，以至於偶爾會撞到前者身上，每當這時，少年就會回過頭去說些什麼，女孩也立即回嘴——看起來像是在吵架。

但所有路過者都很清楚的看到，那兩人的臉上都掛著笑容，隨即也不自覺的心情輕鬆了起來。

——大概是因為只有發自內心的笑才會輕而易舉的感染到別人。

「你是蠢蛋嗎？」

「妳才是！」

「你……」

「妳……」

在重複著這樣單調又似乎挺幼稚的對話時，莫忘有一點害羞的偷偷想：之前的自己真是太丟人了，因為……

想到此，她的眼眸又黯淡了片刻，但很快又再度明亮了起來。

——明明一直知道生命是多麼寶貴的，也一直知道「能夠健康的活到老」是多麼幸福的事，好不容易實現了願望，卻要輕易的放棄掉嗎？

——即使……

——也沒關係。

她的視線上揚，注視著懸掛在天空上那已不再刺眼的太陽，又低頭看了看手中的枯葉。

——夕陽、落葉……

——只有活著才能繼續看到這些景象吧？

——還有……

她看向石詠哲的背影，又看了看他緊抓著自己的手。

石詠哲側首，露出疑惑的表情，「怎麼了？」

「……不。」莫忘一邊說著、一邊轉過頭注視著街邊的角落，雖然那裡空無一人，但其實她一直知道——有人守護在那裡。

——果然，我還是想活下去。

——而且就算只有一個人，也可以拚命活下去。

——但是，我也並不僅僅是一個人。

——所以，即使有著小小的缺憾，也不是不能忍受的吧？而且……

莫忘垂下眼眸，苦澀的想：我又有什麼資格對父母人生的抉擇說三道四呢？

回到家時，莫忘從石詠哲的掌中抽回了手。

「……不是說好要到我家吃飯的嗎？」石詠哲的表情又浮現出些許擔心。

「我知道啊。」她小聲的回答，「但我總得洗把臉吧。」雖然用手帕擦去了臉上的淚滴，但多多少少還留下了些許痕跡。

「嘖，真麻煩。」石詠哲輕哼了聲，雙手環胸靠在了牆上，「去吧，我在這等妳！」

「……」

「快一點啊，反正就算洗了也好看不到哪裡去。」

「……」莫忘咬了咬牙，終於忍無可忍的踹了某人一腳，哪怕會被扣魔力值。

——這傢伙實在是太欠揍了！有這樣說妙齡少女的嗎？

「嘶……妳給我站住！」

「傻子才站！」等著被打嗎？

莫忘剛跑到門口，才發現那扇應該緊閉著的大門早已被打開。她跑進去反手將其關上，喘了幾口氣，微一扭頭，恰好看到身旁的青年謙卑的躬下身，如此說道：「陛下，浴室與換洗衣物都已經準備好了，您是要現在使用嗎？」

「……」洗澡什麼的也太誇張了吧？

「艾斯特……」

「陛下，衣物可是我格瑞斯親自搭配的。」某人跳出來搶功勞，「與您的氣質一定極為相配。」

「……」喂喂，她是要去參加什麼重要的晚會嗎？等等，「格瑞斯……」莫忘終於發現了有哪裡不對，「你翻了我的衣櫥？」

身穿一套紫白雙色休閒服、的確把自己拾掇得非常帥氣的青年，非常自信的挑起耳邊的髮絲，「無須誇獎我，這是屬下應盡的職責。」

莫忘抽嘴角，「……」沒人想要誇獎他好嗎！

她深吸了口氣，「格瑞斯，我覺得這種事還是我自己做比較好，畢竟……」

「陛下，請不用這麼客氣！」格瑞斯走了過來，單膝跪在莫忘面前，單手捧起莫忘的左手，語調優雅的說道：「不過，恕我直言，您這樣的年紀，內衣其實還可以選擇更可愛一點的款式。」

「……內內內內內內衣？」

「沒錯！」紫髮青年煞有其事的點了點頭，面帶微笑又一本正經的說道：「棉質的雖然舒服，但身為少女怎麼也得有兩條蕾絲的……唔唔唔唔……」

他剩下的話，被艾斯特用手攔住了。

「陛下，勇者大人還在外面等您。」

「……」莫忘呆了，這算是艾斯特版本的「息事寧人」嗎？

「陛下！」格瑞斯這個不識好人心的傢伙卻一把扯開了艾斯特的手，「還有內衣，您可以選擇……唔唔唔唔唔……」隨即又被艾斯特捂住嘴。

「……」莫忘單手扶額。所以說，她為什麼要被一位男性點評穿衣品味啊！她無奈的說道：「格瑞斯，從今天起，絕對不許再碰我的衣服。」

「哎？」

「這是命令！」

「……」怎麼這樣……自覺「好心沒好報」的青年淚流滿面的再次扯開某人的手，「艾斯特你這個卑鄙的傢伙！」

艾斯特：「……」都是他的錯囉？

考慮到石詠哲那傢伙就等在門口，莫忘沒有洗澡，只是隨便用冷水洗了把臉，又換去了身上那套大概是在長椅上沾染了灰塵的衣服，而後急匆匆的走出家門。

「怎麼那麼久？」果然，某人已經等得有些不太耐煩了，「妳還換了衣服？」

「嗯，那件之前弄髒了。」

「走了。」

「嗯！」莫忘點點頭，「今天有什麼好菜嗎？」

艾斯特：「糖醋排骨。」

格瑞斯：「清蒸魚。」

石詠哲：「……」

莫忘：「……」

「為什麼你們會知道啊？」莫忘和石詠哲兩人異口同聲的說。

「因為我們也接到了石夫人的邀請。」

少年和少女相對無言。沒錯，這兩位還是後者名義上的表哥，從某種意義上來說，沒被邀請才奇怪吧？

原本以為這樣的「驚喜」已經是極限了，誰知道走入石家之後，還有個更厲害的「大禮包」在等待著他們。

「都來了嗎？」在廚房中忙碌的張姨抽空喊了句，「再等一下，還有最後一道菜。」

「我來幫忙吧！」

把盤子放桌上擺好的石叔爽朗的笑了：「小忘，聽說妳最近力氣變大了，來幫我移個桌子吧。」

「嗯，好！」莫忘說著走過去，雙手搬起桌子，輕輕巧巧的將它移到了預定位置。

石詠哲：「……」隨後他就看到老爹幸災樂禍的看了一眼自己——為什麼我的眼中常含著淚水？因為我家爹媽實在無良！

就在此時，只見一隻渾身潔白的貓咪踏著靈巧的步伐走了過來，旁若無人的直接越過了少年和少女，最後停在了艾斯特的腿邊，蹭。

石詠哲驚呆了：「……為什麼牠也在這裡？」

「咦？」把最後一盤菜放到桌上的張姨驚訝了，「這不是哲哲你自己養的貓嗎？」

「哈？」

「因為我是在你房裡發現牠的。」說著，張姨笑了，「你真是的，我們又不會反對你養動物，偷偷摸摸的做什麼？」

「……」不，這完全是個誤會好嗎？

「不過，沒想到自從超過十二歲就變得不可愛的你居然會喜歡這種可愛的動物。」石叔默默補刀，「真是讓我覺得不可思議。」

「……」石詠哲覺得自己簡直無力吐槽了。

張姨露出驚訝的表情：「老公，你也覺得哲哲十二歲以後就不可愛了？」

「是啊。」石叔滄桑嘆氣，「都不會再哭著跑回來撒嬌了說……」

「老爸，夠了！」在自家老爹暴露出更多黑歷史之前，石詠哲果斷的喊了停，順帶瞪了一眼聽得滋滋有味的女孩，「我現在就把這隻貓丟出去！」

「喵～～～」白貓昂頭星星眼看去——親耐的主人你忍心嘛忍心嘛忍心嘛萌萌噠～

石詠哲：「……」明明本性一點都不萌，卻故意賣萌實在是太可恥了！

於是他虎著臉直接拎起了這隻喵星人，走到門口，打開門，正準備將其丟出去，就見手中的這隻白貓突然雙爪抱住他的手腕，露出一副超陰暗的表情說道：「小子，你這麼草率的做決定好嗎？再考慮一下吧。」

「……你什麼意思？」

白貓語帶威脅的說道：「我可是輕而易舉的就潛入了你的房間。」

「所以？」

「你媽媽經常會幫你收拾房間吧，想像一下……」牠縮回一隻肉球，捂住嘴，陰惻惻的笑了，「如果她發現你被窩裡全是那位魔王的內衣……」

「……」

白貓又說道：「不，這麼做你反而會很開心吧？那麼……」

「誰會因為這種事開心啊！」僅是想像一下就讓人……！

石詠哲深吸了口氣，將手中的貓提至面前，「你到底想怎麼樣？」

「很簡單，讓我留下來。」白貓額頭的「紅寶石」閃閃發亮，看起來深邃又神秘，「放心，再怎麼說我也算你的『召喚獸』，在你父母面前我會乖乖當寵物的。」

「……」

「理由呢？為什麼你非要留在我家？」

「我也沒辦法啊！」說到這，白貓也是一臉喪氣，「我原本的主人比你有錢多了好嗎？再見了，我的高檔貓糧；再見了，我的豪華浴缸；再見了，我的美女女僕……真是的，你明明是勇者也混得太差了吧？」

石詠哲無語的看了一眼露出「好煩好煩人家其實不想來」表情的白貓，問道：「……都這麼嫌棄了還來做什麼？」

「都說了沒辦法啊！因為……唔，太複雜的反正你也聽不懂。簡單來說，你就像我的蓄電池，我每隔一段時間就必須以待在你身邊的這種方式充電，否則就無法維持行動力。」貓咪一邊說著一邊舔了舔爪子，「總是特意來找你太麻煩，所以乾脆讓你養我算了。而且……」

「而且？」石詠哲心頭浮起不好的預感。

「這樣還能離艾斯特大人更近嘛～」

「……」他就知道！

話說，身為「勇者」的夥伴這麼喜歡「魔王」的爪牙真的沒問題嗎？

「夥伴，你就從了我吧～大不了以後我幫你偷那位魔王的衣服呀～」

「……免了！」

被威脅利誘的勇者大人，就這樣滿臉無奈的將白貓又提了回去。更為悲慘的是，才走沒幾步，他就看到自家爸媽臉上浮現出「看吧！看吧！我就知道你不捨得丟！和爸媽裝什麼呢！」的坑爹表情，而後就開始手癢——果然，還是把手裡這傢伙丟出去比較好吧！

張姨：「好了、好了，快來吃飯了。」別看了，兒子害羞了。

石叔：「嗯，吃飯吃飯。」明白！

莫忘：「噗！」石詠哲你也有今天？

艾斯特和格瑞斯：「……」

石詠哲：「……」你們夠了！

不管怎樣，白貓就這樣在石家落戶，正式成為了家庭成員之一。

這一晚的慶祝會也開得挺熱鬧，以至於晚上莫忘回到家時，只匆匆洗了個澡，就精疲力盡的躺倒在了床上，昏昏睡去。

不過，對她而言，這樣反倒比較幸福也說不定。

累了，睡了，就再也沒有餘力去想別的事情。

等明天醒來，又是新的一天。

《拯救世界吧！少女魔王！01魔王陛下不可能是女高中生！》完

敬請期待更精采的《拯救世界吧！少女魔王！02》

飛小說系列 141

拯救世界吧！少女魔王！ 01

魔王陛下不可能是女高中生！

出版者■典藏閣
作　者■三千琉璃　繪　者■重花
總編輯■歐綾纖

製作團隊■不思議工作室

郵撥帳號■50017206 采舍國際有限公司（郵撥購買，請另付一成郵資）
台灣出版中心■新北市中和區中山路 2 段 366 巷 10 號 10 樓
電　話■(02) 2248-7896　傳　真■(02) 2248-7758
物流中心■新北市中和區中山路 2 段 366 巷 10 號 3 樓
電　話■(02) 8245-8786　傳　真■(02) 8245-8718
ISBN■978-986-271-641-0
出版日期■2015 年 11 月

全球華文國際市場總代理／采舍國際
地　址■新北市中和區中山路 2 段 366 巷 10 號 3 樓
電　話■(02) 8245-8786　傳　真■(02) 8245-8718

新絲路網路書店
地　址■新北市中和區中山路 2 段 366 巷 10 號 10 樓
網　址■www.silkbook.com
電　話■(02) 8245-9896
傳　真■(02) 8245-8819

☞**您在什麼地方購買本書？**☜

1. 便利商店（______市／縣）：☐7-11　☐全家　☐萊爾富　☐其他__________

2. 網路書店：☐新絲路　☐博客來　☐金石堂　☐其他________

3. 書店（______市／縣）：☐金石堂　☐蛙蛙書店　☐安利美特animate　☐其他____

姓名：________地址：______________________________

聯絡電話：________電子郵箱：__________________________

您的性別：☐男　☐女　　　您的生日：________年________月________日

（請務必填妥基本資料，以利贈品寄送）

您的職業：☐上班族　☐學生　☐服務業　☐軍警公教　☐資訊業　☐娛樂相關產業

☐自由業　☐其他________

您的學歷：☐高中（含高中以下）　☐專科、大學　☐研究所以上

☞**購買前**☜

您從何處得知本書：☐逛書店　☐網路廣告（網站：__________）　☐親友介紹

（可複選）　☐出版書訊　☐銷售人員推薦　☐其他______________

本書吸引您的原因：☐書名很好　☐封面精美　☐書腰文字　☐封底文字　☐欣賞作家

（可複選）　☐喜歡畫家　☐價格合理　☐題材有趣　☐廣告印象深刻

☐其他______________

☞**購買後**☜

您滿意的部份：☐書名　☐封面　☐故事內容　☐版面編排　☐價格　☐贈品

（可複選）　☐其他

不滿意的部份：☐書名　☐封面　☐故事內容　☐版面編排　☐價格　☐贈品

（可複選）　☐其他

您對本書以及典藏閣的建議______________________________

____

____

✌未來您是否願意收到相關書訊？☐是　☐否

✎**感謝您寶貴的意見**✎

印刷品

$3.5
請貼
3.5元
郵票
不思議信箱
FUSIGI POST

235 新北市中和區中山路二段366巷10號10樓

華文網出版集團　收

（典藏閣－不思議工作室）